向人民报告——中国脱贫攻坚报告文学丛书
中国作家协会脱贫攻坚题材报告文学创作工程

金银滩

李春雷 ◎著

天津出版传媒集团
百花文艺出版社

图书在版编目（CIP）数据

金银滩 / 李春雷著. -- 天津 : 百花文艺出版社，2020.10
(向人民报告 : 中国脱贫攻坚报告文学丛书)
ISBN 978-7-5306-7978-4

Ⅰ. ①金… Ⅱ. ①李… Ⅲ. ①报告文学-中国-当代 Ⅳ. ①I25

中国版本图书馆 CIP 数据核字(2020)第 201725 号

金银滩
JIN YIN TAN
李春雷　著

出 版 人: 薛印胜　　**选题策划:** 汪惠仁
责任编辑: 韩新枝　刘升盈　　**装帧设计:** 郭亚红
出版发行: 百花文艺出版社
地址: 天津市和平区西康路 35 号　**邮编:** 300051
电话传真: +86-22-23332651（发行部）
+86-22-23332656（总编室）
+86-22-23332478（邮购部）
网址: http://www.baihuawenyi.com
印刷: 天津新华印务有限公司
开本: 710×1000 毫米　1/16
字数: 120 千字
印张: 10.75
印数: 1-5000 册
版次: 2020 年 10 月第 1 版
印次: 2020 年 10 月第 1 次印刷
定价: 40.00元

如有印装质量问题，请与天津新华印务有限公司联系调换
地址：天津东丽开发区五经路 23 号
电话：(022)58160306
邮编：300300

消除贫困、改善民生、逐步实现共同富裕，是社会主义的本质要求，是我们党的重要使命。全面建成小康社会，是我们对全国人民的庄严承诺。脱贫攻坚战的冲锋号已经吹响。我们要立下愚公移山志，咬定目标、苦干实干，坚决打赢脱贫攻坚战，确保到 2020 年所有贫困地区和贫困人口一道迈入全面小康社会。

——习近平《坚持精准扶贫、精准脱贫，坚决打赢脱贫攻坚战》（2015 年 11 月 27 日）

目　录

序章　天大的问题

生存,是每一个人天生享有的最根本的权利!

然而,自古至今,贫困始终像一具沉重的枷锁,死死地禁锢在人类的脖颈上。为了生存,人们世世代代、祖祖辈辈,生死挣扎!

回望人类历史不难发现,摆脱贫困、寻求温饱,始终是绝大多数人终其一生的孜孜追求。

而且,审视古今中外,几乎所有的战争和社会动荡都与贫困有关;一切恐怖主义和环境恶化等问题的背后,无不晃动着贫困的魔影……

据联合国粮食及农业组织提供的数字显示:因饥饿与营养不良而死亡的人口数量,超过因艾滋病、疟疾和肺结核死亡人口数量的总和,每天多达2.5人!

饥饿与营养不良,始终是威胁人类生命的血淋淋的头号杀手!

1945 年,“消除贫困”被庄严地写进《联合国宪章》。

1992 年,第四十七届联合国大会更是确定:每年 10 月 17 日为“国际消除贫困日”。

人类消除贫困的迫切愿望与决心,前所未有。

进入 21 世纪,科学技术日新月异,经济社会蓬勃发展。人类文明的脚步,已然踏上了新的征程,跃上了新的高度。

但是,经世界银行深入调查,结果令人震惊:

截至 2015 年年底,全世界的贫困人口,仍然多达 8 亿!

作为世界上最大的执政党，作为世界上贫困人口最多的国度,1949 年之后,中国共产党的首要任务,就是要尽快解决全国 5 亿人的温饱问题。

七十余年勠力攻坚,成就卓著,举世瞩目!

联合国 2015 年《千年发展目标报告》显示:中国农村贫困人口的比例,从 1990 年的 60%以上,下降到了 2002 年的 30%以下,率先实现比例减半。2014 年,更是下降到了 4.2%。

中国对全球减贫的贡献率超过 70%,被国际社会誉为“发展中国家消除贫困的典范”!

然而,中国城乡之间、地区之间的发展并不均衡,特别是国家划定的 14 个连片特困地区,自然条件差、经济总量小、发展实力弱,贫困问题依然十分严峻。而且,一般的经济增长方式无法带动,常规的扶贫手段难以奏效。扶贫开发任务,异常艰巨。

而地处坝上高原的河北省张北县，由于资源贫薄，自然环境恶劣，千百年来，更是贫困的重心！

2014年年初，国家“精准扶贫”战略提出后，河北省委、省政府立即按照国家统一的扶贫对象识别办法和程序，开展贫困村、贫困户建档立卡工作。随后在全省大力构建和推广“互联网+扶贫”、股份合作、金融扶贫、财政资金放大、土地整理、产权交易抵押、对口帮扶、整村扶贫、生态扶贫、考核奖惩等十项扶贫新机制。

扶贫机制恰似温暖的春消息，又如催人奋进的冲锋号，更像源源不竭的助推剂。全省脱贫攻坚的步伐，紧锣密鼓，向着“2020年全部脱贫、全面小康”的宏伟目标，铿锵迈进。

被贫困亘古冰封的坝上高原，悄然解冻，斑斓多姿的春天已然来临……

第一章　高原来客

河北省张北县，位于蒙古高原南缘的坝头地区，海拔1600至1800米。夏天烈日，冬季酷寒，终年大风。因此，汉子和妇女们的脸颊上，多数烙有高原红。

烈日与大风，就成了坝上人千百年来的痛苦与诅咒。

受地形影响，那里普遍降水偏少，地下水资源又十分稀缺，到处是粗砺贫瘠的荒滩，加之无霜期太短，所以，即使最普通的萝卜和白菜，也不能种植。勉强存活的农作物，只有莜麦、亚麻和土豆等极少数，且收成寥寥可数。

不啻说，这里就是贫困的代名词……

1.窑黑子

老人言：煤黑子好，煤黑子坏，缺胳膊断腿小菜菜。

“怕死吗？”

“嗯。”

“怕死还当窑黑子？”

“穷。”

徐海成初来煤窑，两只小眼睛透着农村人所特有的狡黠和机警。他一边小心翼翼地答话，一边怯生生地打量着眼前这个50多岁，又黑又瘦又矮的小老头。

小老头头顶的安全帽上，裹着一层厚厚的煤灰，几乎看不出帽子本来的颜色，就像他同样沾满煤灰的脸，让人猜不出善恶一样。

徐海成过后才得知，这个小老头是云南人，工友们都称他“老云南”。虽然看上去已经年过半百，其实才36岁。他在这家煤窑已打工多年，几次遭遇险情都死里逃生，有惊无险。工友们都说他福大命大造化大，有神仙护体。

相处一段时间之后，徐海成发现“老云南”其实很随和，只是说话大大咧咧。

细细观察，工友们多数爱说爱笑，似乎什么事儿都不放在心上，即便谈到某位遇难的工友，也像讲述遥远的故事一样。

徐海成就暗自责骂他们缺乏同情心。尤其说到工友遇难的血腥场面，徐海成听起来都心惊肉跳，可看看他们，却似乎一点儿也不害怕，更不心疼。

在煤窑里讨生活，原本危险重重，再时常谈论生死，难道不嫌晦气？

就在徐海成还处于惊魂未定之中，真正可怕的事情发生了。

那天，他与一名来自南方的工友，一前一后走在地下 1500 米的煤层巷道里，突然“哐当”一声巨响，随即脸上一片辣热。

猛然抬头，走在他前面的工友，被砸倒在煤斗下。

原来，一个满载的煤斗在升井过程中，牵引机钢丝绳意外断裂，煤斗瞬间滑落。

工友们七手八脚地抬开煤斗。眼睁睁地看着工友被活活砸死，徐海成当即瘫软在地。

虽然他的脸上溅满了遇难工友的鲜血和碎肉，却似乎毫无觉察，坐在地上，面无表情，目光呆滞。

“老云南”组织大家运送遇难工友的尸骨升井的时候，语气十分冷静，就像安排人搀扶醉酒的伙计走回工棚一样。

徐海成慢慢地缓过神来，默默地扛着遇难工友的一条腿，回到地面。

他脸上沾着工友血肉的煤灰，干涸结痂，紧紧巴巴，用手摸摸，一块块地往下掉。当他明白那是什么之后，浑身的神经与皮肉，顿时瑟瑟颤抖。

他扭头奔向水管，不停地洗头、洗脸。脸颊上，自从下煤窑以来，第一次洗得露出了隐隐的高原红。

这是坝上老家留给他的特殊印痕，就像一块永远也难以摆脱的宿命的胎记。

2.土炕童年

徐海成,1965 年 9 月生于河北省张北县小二台乡德胜村。

张北县位于蒙古高原南缘的坝头地区，海拔 1600 至 1800 米。夏天烈日,冬季酷寒,终年大风。因此,汉子和妇女们的脸颊上,多数烙有高原红。烈日与大风,就成了坝上人千百年来的痛苦与诅咒。

受地形影响,那里普遍降水偏少,地下水资源也十分稀缺,到处是粗砺贫瘠的荒滩,加之无霜期太短,所以,即使最普通的萝卜和白菜,也不能种植。勉强存活的农作物,只有莜麦、亚麻和土豆等极少数,且收成寥寥可数。

徐海成的童年记忆,除了寒冷,便是饥饿。直到外出打工,他才第一次真正相信,白面馒头不仅仅可以作为神仙供品,还可以当作主食,论饱吃。

母亲育有六个子女,长子和次女因为贫病交加,早早夭折。徐海成和哥哥、弟弟、妹妹磕磕绊绊,勉强成人。

两间低矮破旧的土坯房,一盘敦敦实实的大土炕,便是一家人的主要财产,是徐海成儿时的整个世界。

他在这盘土炕上降生,也在土炕上度过了童年。土炕上的寒冷、饥饿、恐惧与疼痛,至今回忆起来,仍然禁不住战栗和心酸。

白天,父母去生产队上工。

孩子没有人照看,便用布条拴在土炕上,就像拴了一头小牲灵。

小牲灵有草料吃，有水喝，可孩子们什么也没有，时时啼饥号寒。家家如此。

坝上最主要的粮食，只是莜麦。

莜面的吃法花样繁多，但普通人家最拿手的吃法，是搅拿糕、蒸块垒或贴饼子。

莜面吃水多，一斤面可以做出两斤饭。而搅拿糕，不仅省火，而且做出的饭更多。

锅中烧开水，左手将莜面细细撒入，右手拿木棍顺时针搅拌。莜面入沸水，热情顿时被唤醒了，细细密密的粉粒粒，相拥、相融。先是糊状，而后黏稠，进而固态。用锅铲将其划成数块，加入适量开水，继续焖炖。待锅中水被面块完全吸收后，再次搅拌、加水、加热，便可成品，俗称“三水拿糕”。

吃拿糕需蘸汤汁，但一般老百姓家无须奢华，伸手到腌菜缸里舀半碗咸水，以为佐料，同样吃得满口生津。

蒸块垒却是费时又费火。土豆洗净切成碎粒，加入莜面拌匀，上笼屉蒸熟，佐蒜汁或腌菜水食用。当然，过年的时候，也许会做一顿胡麻油炒块垒，一家老小打打牙祭。

贴饼子呢，倒是省事，却太费莜面。贴两三个饼子，一个孩子狼吞虎咽地吃下去，眨巴眨巴眼睛，不饱。家里其他人吃什么呢？喝西北风啊？

因此，老人们时常告诫：“拿糕省，块垒费，贴锅饼子卖了二亩地儿。”

所以，只有农忙时节，家里才会做一次贴饼子，而且是壮劳力的专供。不参加农田劳作的孩子们呢，只能稍稍品尝，解馋。

平日里，坝上人根本不舍得吃贴饼子。遇有节庆或来了客人，顶大方也就是做一顿搅拿糕或蒸块垒。一般情况下，只是喝莜面糊糊。

莜面打成糊糊，稀稀地熬上一锅，再煮上十来个土豆，便是一家人的吃食。

虽然只能喝个水饱，但毕竟聊胜于无，总能让孩子们时常有个肚儿圆圆的幸福感。

要说，这实在是对肚皮和肠胃的欺骗，至于营养，实在不敢妄谈。因此，这里的孩子们个个瘦得皮包骨头，只是肚子大大，与身体比例极不协调，像极了非洲的难民。

可他们，难道不是难民吗？

张家口坝上地区，横亘于华北平原与蒙古高原之间。

登上坝顶向北眺望，蓝天下的高原起起伏伏，浩瀚成一片苍茫。

阿尔泰山自西端出沙漠，一路向东狂奔，跨过西伯利亚，直至萨彦岭。

萨彦岭，是唐努乌梁海与西伯利亚的界山，蒙古高原的北沿。

蒙古高原泛指亚洲东北部高原地区，亦即东亚内陆高原，范围包括蒙古国全境和中国内蒙古自治区的一部分，面积约 200 万平方公里。

其形成历史久远，早在距今 1.3 亿年前，就奠定了高原地貌的基本轮廓。此后，地壳相对稳定，经过长期的风化、流水和风蚀等外力的剥蚀作用，把高地削平，低地垫高，致使原来起伏不平的地表趋于平坦。

多数研究认为，蒙古高原的隆升与印度—欧亚板块的碰撞有关，是青藏高原隆升的副产品。其隆升时间比青藏高原主体要晚一些，主要集中在近 1000 万年以来。

填饱肚子，实在是动物性的本能。

徐海成饿得厉害，却又没有吃食，便常常抠挖土炕上被他尿湿的泥土，咸咸的，似乎是莜面窝窝。

有一次，他饿得发疯，在土炕上乱跳乱撞，结果挣断了母亲拴在他腰间的布条，从炕上摔下来。

他的左臂肘弯处摔起一个大包。随后几天，不断化脓肿胀，紫黑发亮，随时要爆裂的样子。

小海成疼得没日没夜地哭。父亲请来村里的赤脚医生。

当时的医疗条件简陋而原始，治疗方法简单且粗暴——镰刀在盐水里洗一洗，然后把脓包割开，挤出脓血。

由于没有麻药，父亲便喊来几位邻居，帮忙摁住儿子的头和手脚。

三四岁的孩子，哭得撕心裂肺，死去活来……

母亲哪能看得了这种场面？于是早早地、远远地躲出去。

出了家门，她一直向南走，走到远远的荒岗上，直到听不见村里的鸡鸣狗吠才停下来。她相信，在这里听不到儿子的哭叫声。

成群的乌鸦在荒滩上起起落落，呱呱呱地叫个不停，叫得她心烦意乱，心惊肉跳。所有不祥的念头和想法，顿时涌上心头。

突然，她扭头往回跑，边跑边“儿啊儿啊”地喊。两条腿不听使唤，脚下像踩着厚厚的、松软的柴草一样。

那条磕磕绊绊、气喘吁吁的小路好长啊，总也跑不到头，像无穷无尽又无望的日子。

好不容易挣扎着跑到家，又扶着门框不敢进门。这时有邻居走出来，说没事了，她才敢伸头向屋里瞧瞧。

儿子哭得没了力气，嗓子也喊哑了，头垂在炕沿上，像一只奄奄一息的可怜的小狗狗儿。

3.奔跑的棉衣

家里孩子多，只有父母两个劳力在生产队挣工分。虽然每天拼死累活，可分到的粮食仍旧远远不足糊口。年底算算账，总要欠下生产队一大笔债。

而饥饿与寒冷，又像一对沆瀣一气的恶魔，互相借势助恶。特别是饥肠辘辘的寒夜，更是变本加厉，难以成眠。

家里唯一的温暖，便是土炕。

可是，一天只做两顿饭，柴草又金贵，舍不得多烧。刚做完饭的时候，土炕多少还有些温热，到了半夜，彻底冰凉。

虽然墙壁上的裂缝被父亲用柴草塞住了，但寒冷仍然像无孔不入的冰水，浸透了墙壁，浸透棉被，浸入人的骨髓。一家人抖若筛糠，寒战如鼓，此起彼伏。

清晨睁开眼，屋里的墙壁上结了一层冰壳，水缸、尿盆，全都冻成了冰疙瘩。

徐海成最发怵的是早晨起床，简直就是一种折磨。

棉衣穿了一整天，难免潮湿。到了夜里，气温降至零下 30 多摄氏度，衣服被冻得冰冷梆硬。又没有衬衣衬裤，裸身穿棉衣，就像钻冰窟窿一样。

早晨起床的时候，孩子们总是赖在被窝里装睡。父母催逼得急了，就又哭又叫。

母亲便拿了孩子们的衣服，靠在灶口，烘烤一下。衣裤顿时袅袅地腾起一股潮气。孩子们趁着潮热，赶紧穿衣服起床。

做好早饭，屋子里有了薄薄的温热。墙上的冰壳融化了，淋淋漓漓地淌下来，像孩子们擦不净的鼻涕。

白天待在家里，人身上也像披了一层冰，寒冷难耐。

没有火炉，孩子们实在冻得承受不住，母亲便从灶坑里抓过一小把柴草，点着火，让孩子们烤手。这把柴草所能产生的热量有限，甚至还感觉不到温热便熄灭了，只不过是一种心理安慰而已。

央求母亲再续一把柴草，却被生硬地拒绝了。

坝上地区气候恶劣，土地贫瘠，多是荒滩，少有灌木，即便荒草，也长得稀稀疏疏，枯黄干瘦。远处的山坡上倒是有些许小树，但管理甚严，如有破坏，重惩不贷。

生产队也是僧多粥少，每家每户分得的柴草，少得可怜。仅有的一点儿莜麦和亚麻秸秆,冬天要苫在房顶保暖,春天还要和茼泥抹房顶,谁家也不舍得用来烧火做饭。

做饭烧什么柴草呢?

贫瘠的荒滩上,夏天被羊啃牛踏的稀疏小草,到了冬天,枯萎了,用扫帚仔细地扫起来,当作燃料。

冬天的凌晨,父亲总是早早起床,扫 5 亩左右的荒滩——相当于 8 个标准篮球场大小——才能扫得一小捆干草毛毛。

父亲把柴草背回家,母亲便生火做饭,用灶火为孩子们烘烤棉衣棉裤,于是便有了一个烟熏火燎的暖暖的清晨。

扫滩得来的柴草极不耐燃,填到灶膛里,轰的一下,就烧完了。看似一大捆,勉强能做一顿饭,炕也很难烧热。

父亲在烟囱和土炕的接合部凿开一条细缝,做完饭后插入一块铁片。这样一来,锅灶与烟囱之间的风道就被切断了,炕洞内的热量会保持得长久一些。

蒙古高原为多条河流的发源地,色楞格河、克鲁伦河、鄂嫩河、石勒喀河、海拉尔河、额尔古纳河、黑龙江等等。

湖泊有乌布苏诺尔湖、库苏古尔湖、吉尔吉斯湖、哈拉乌斯湖和哈拉湖。这些大型湖泊主要集中在蒙古高原的西北部。南端最大的内陆湖,是位于张北县境内的安固里淖。

安固里淖,蒙语意为有鸿雁和水的地方,史称鸳鸯泺,是华北第一大高原内陆湖,水域 10 万亩,水肥草美。辽金元时期,是皇家游猎、避暑胜地。清代的张库大道,使其周边成为重要的货物集散地。

近几十年来，由于气候干旱和地下水过度开采等原因，安固里淖已经干涸。

坝上地区的农村基本没有可以赚钱的副业，社员们只是土里刨食，因此工分分值极低。现金分红，更是稀松。

居家过日子，一家老小，吃穿用度，多多少少，难免需要花钱。

坝上地区不出产棉花，又没有钱，只能拿出仅有的粮食对换。换来棉花纺线织布，为一家老小做棉衣。

家织布是白色，又粗粗糙糙，做成棉衣，穿在身上不好看，也不吉利。

条件稍微好一些的人家，会花上一两毛钱，买一包煮黑（学名硫化黑，又称硫化青，主要用于纺织物染色），与布一起放进大锅里煮，把布染成黑色。

徐海成的母亲没有钱买煮黑，便用锅底灰，把孩子的棉衣染黑。

锅底灰染黑的衣服容易掉色，遇水就变成了灰灰白白的大花脸。不过，这里孩子们的衣服几乎都是一次性穿用，从来也不用换洗。

由于贫穷，孩子们只有一套衣服。冬天里续上棉花，是棉衣棉裤。夏初拆下棉花，就是单衣。

穿着时日长久，衣服满是尘垢，而且汗腥味刺鼻。特别是冬天，由于天气寒冷，孩子们清水鼻涕淋淋漓漓，就不时用袄袖左右开弓，一擦一抹，袄袖就被抹得油光光、硬邦邦。

可即便如此，也不能把衣服脱下来洗一洗，否则只能躲在被窝里，等衣服干了才能出门。因而，孩子们的衣服从第一次上身，一直到穿破、穿烂，穿到不能遮体。

孩子们用锅底灰染黑的衣服不存在清洗掉色的烦恼，但老天爷事务繁忙，不可能事无巨细地照顾那么周全。所以下雨的时候，在野外的孩子们便要拼命奔跑避雨，不然衣服上的锅底灰被雨淋掉了，就像起了牛皮癣，灰一块白一块，会被小伙伴们嘲笑。

为了避雨，徐海成在疯狂的奔跑中，多次被摔得鼻青脸肿，口鼻流血。

他因此恨透了下雨，可父亲告诉他说，只有下了雨，地里的庄稼才能生长，才能多打粮食，才能吃上饱饭。

徐海成就对雨充满了复杂的感情，既恨，也爱。

可是，有时候虽然下了雨，但粮食还是不够吃，孩子们还是饿得直哭。

4.抢劫财神爷

徐海成对吃食最深刻的童年记忆，是偷食财神爷的供品馒头。

过年的时候，生产队多少总会为每户村民分发几斤白面粉。

“二十八，把面发。”

腊月二十八这天，母亲早早起床和好面团，然后放在炕头用被子严严实实地盖住。等面团发好了,蒸三个白面馍馍。

馍馍白白胖胖,甜甜的麦香缭绕,孩子们馋涎横流,刚要上前伸手摸摸,却被一旁高度警惕的母亲给打开了。

“别碰！这是为神仙上供用的。”

孩子们只好恋恋不舍地走开了。走到院子里,又蹑手蹑脚地回来,偷偷地扒着门框,眼巴巴地盯着馒头看,“咕咚”咽下一口馋涎,肚子便咕咕噜噜地喊饿了。

母亲蒸馒头的时候留出一些面粉,用土豆做馅儿,大年初一凌晨为孩子们包一顿饺子。吃过饺子,孩子们最惦记的,就是财神爷神龛前的白面馒头了。

父亲在房屋外的南墙上钉入两根木楔,然后搭上几块长短不一、厚薄不均的木板,算是神龛。

神龛里供奉的不是财神爷的神像,而是父亲用一个鸡蛋,从集市上换来的一张写着“财神爷”三个字的黄表纸。

这张黄表纸,便因陋就简地代替了财神爷的神像。

孩子们怯生生地注视着做工粗糙的黄表纸,似乎财神爷就躲在潦潦草草的三个字背后。

由于字迹不美,财神爷这位全天下最有钱的老头,在孩子们的心目中,就变成又黑又丑的脏老头了。

大年三十的晚上,母亲郑重其事地把白馒头端出来,恭恭敬敬地供奉在财神爷的神龛前。

母亲的表情极其庄重,满满的仪式感。徐海成兄妹在一旁看了,心里就怕怕的,因而也庄重起来,即便他被哥哥或弟弟踩了脚,也不敢哭闹着要求回踩一脚。

虽然如此,等母亲祝祷完回到屋里,神龛前供着的白馒头,还是吸引着孩子们百爪挠心地去觊觎,趁着财神爷不注意,上前摸一摸、捏一捏。

此时,孩子们所有的感觉,就只剩下了饥饿,甚至连手上被冻裂的血口子,似乎都不觉得疼痛了。

的确,人在长期的饥饿状态下,最本能的欲求,只是填饱肚子,更何况他们还是孩子,而且面对的又是一年仅仅一见的白面馒头呢!

父母的严厉告诫,声犹在耳——神灵不可冒犯,说一句不恭敬的话也会遭到惩罚。

但是,白面馒头的香味,像一个神奇的放大器,将孩子们的饥饿感无限放大,欲望不断膨胀,以致欲罢不能,因而对于神仙降罪的恐惧,似乎也就微不足道了。

而且,饥饿的感受现实而煎熬,但神仙降罪并不确定,至少不会像母亲的责罚那样立惩不贷。更何况,他们偷食神仙供品的时候,会悄悄而行,趁神仙不留意,悄悄下手。

可是,仍然有一个问题困扰着他们。由于神龛里供奉的不是神像,而是一张怪诞的黄表纸,看不出财神爷的表情和眼神,因此猜不透他老人家什么时候走神分心。

徐海成知道,此时村子里的其他孩子,也正在神龛前,咽着口水,受着煎熬。

他与小朋友一起玩耍的时候,会交流各种各样的经验。比如夏天里看到蚂蚁搬家，就说明快要下雨了，必须赶紧跑回家里，以免衣服被雨淋成“牛皮癣”；不论多么饥饿，吃青山枣都要小心，否则会长疖子；千万不能逮燕子玩，不然会害红眼病……

这所有的经验里，其中必然有一项，就是如何偷吃神仙的供品馒头，而不被神仙发现。

孩子们也是有智慧的。终于，他们想出了一个好办法，那就是兄弟姊妹相互配合：选一个人在神龛前的不远处，做出各种怪异动作，以吸引神仙注意。此时，神龛下负责偷窃供品的孩子，便鼠头鼠脑地靠近，猛然出手，然后拔腿逃跑。

这样一来，神仙就不知道是谁偷吃了供品，因而无法怪罪。

徐海成兄妹也如法炮制。

孩子们得手后，且惊且喜，互相使个眼色，溜出院，远远地躲藏起来。

在村头最隐秘的角落里，他们终于平复了“怦怦”的心跳，然后双手颤颤抖抖地把那一小块馒头掰开，一人一口，仔细品尝。

提心吊胆的感觉，把馒头的芳香无限放大。

反复咀嚼，满口生津，满口甜糯。慢慢下咽时，那无与伦比的幸福感就把浑身所有的细胞全都唤醒了，恰似做水煮肉片的最后一道工序，泼入沸腾的辣椒油时，各种香味猛然爆发，人的嗅觉、味蕾，顿时跃跃欲试，摩拳擦掌……

与小朋友们分享偷食供品经验的时候，有的孩子说，反正那是财神爷吃剩下的馒头，所以即便给他偷走了也不会被怪罪。就有孩子帮腔，咱们村里那么多人家，家家都给他上供，他又那么大年纪，哪能吃得过来？

有一个孩子说到了事情的要点，不论神仙吃剩下了，还是来不及吃，反正供品多了他就不稀罕，所以被人偷吃了也不会介意。

于是，这一伙助神为乐的小净坛使者们，心里就安稳了很多。

孩子们偷吃供品，即便骗过了神仙，难道还能骗过母亲那双明察秋毫的眼睛？

要说，孩子们的智慧和创造力的确不容小觑。他们与母亲斗智斗勇，屡屡得手。而且，全村的孩子时常互通有无，共同分享成功经验，不断提高谋略水平。

为了避免被母亲发觉，他们不会一次性把馒头全部偷完，而是从馒头底部下手，每天抠出一小块，然后把馒头原样摆在那里。

天气寒冷，馒头被冻得梆硬，几天之后，更是焦干。虽然馒头内部已经被孩子们掏空了，但外表仍然完好如初。别说母亲，就连财神爷也能骗得过。

他们每天只是在自认为最安全，而且最渴望食物的时候，才悄悄相约去偷吃供品。

在对白面馒头的渴盼中，味蕾早就被唤醒、激活了，经过一整天的准备和热身，已经达到了最佳状态。

因此，一但馒头入口，早已经张开臂膀的味蕾们，瞬间便将美味俘获了。美味和幸福，迅速传遍全身的每一个感官、每一个细胞。

每每此时，徐海成总是想，全世界的孩子都能在过年的时候，偷吃到财神爷的供品馒头，真是太幸福了。

…………

为财神爷上的供，从大年三十夜里，一直要供到正月初五。

初五这天，母亲会准时把馒头撤回来。

可是，往往在母亲撤回馒头之前，徐海成兄妹便早早下手，把馒头，其实是馒头皮，拿走了，躲到一旁，偷偷吃掉。

虽然馒头皮干硬难嚼，但对于饥饿的孩子们来说，远比如今的小米锅巴美味。那种独享“一个”白面馒头的幸福感，无以复加，虽然那只不过是一个空壳馒头。

其实，孩子们不知道，对于他们偷食供品的事情，母亲早已悉知悉见，只是佯装没有发觉而已。

白面馒头毕竟是家里最金贵的吃食，哪一位母亲也不可能将其摆在院子里的神龛前，一连多天置之不理。

她们每天夜里都会把馒头仔细地收起来，放进挂在房梁上的篮子里，以免被老鼠偷吃。发现馒头被孩子们动了手脚，却不说破，就是为了满足孩子们一年来的期盼，和偷吃馒头时那种战战兢兢的幸福感。

到了正月初五收回供品的时候，发现馒头全都不见了，母亲们这才佯装生气，手持笤帚追查馒头的下落。

但是，那气急败坏的笤帚，始终不曾结结实实地落在孩子们的身上。

其实在父母的心目中，孩子和神仙，大概同等重要。

当然，孩子们在偷吃财神爷的供品之前，已经做好了挨揍的准备。只是饥饿与挨揍比较起来，他们情愿用皮肉之痛换取一口馒头。

有没有因为偷吃供品而挨打呢？

肯定有过，但已经不记得了。毕竟挨打的事常有，而吃白面馒头，每年仅此一次。

5.大龄“少年”

徐海成四五岁之前所有的见识，只限于小村的方寸范围。直到 8 岁那年上小学，他对外面的世界，仍然知之甚少，因此对课本上的知识，理解起来困难重重。

因为总是吃不饱，身体里仅有的一点儿能量，要抵御严寒，对抗饥饿，哪有更多的精力用于学习呢？所以他接连蹲班，以致 18 岁才初中毕业。

正常情况下，初中毕业生还是少年，而他，却已经成年。

1983 年夏天，徐海成初中毕业后，经熟人介绍，到张北县西关公路养护段打石子。

他所负责的工作，是用铁锹从粉碎机下往外铲石子。

一锹石子重达几十斤，一般人难以胜任。整个公路养护段，从事这一工种的民工，多是 30 岁左右的精壮汉子，不满 20 岁的小伙子，仅徐海成一人。

来石子生产工地之初，负责人见他是一个毛头小伙子，拒绝录用。

由于这个工种实在太累太苦，之前虽然有小伙子前来打工，但不出三五天，全都溜之大吉。

石子生产环环相扣，少了一个工人，便影响生产。负责人担心徐海成也不能承受，因此索性直接拒绝了他。

介绍他来打工的熟人一再求情，负责人才勉强同意把他留下来。

别看徐海成瘦瘦小小，却很有力气，也能吃苦。

石子粉碎机周围粉尘弥漫，刺鼻辣眼。而且，机器轰鸣，震耳欲聋。

粉碎机不停地工作，出料口的石子源源不断地流下来。负责出料的工人必须接连挥动铁锨，把石子铲出来。否则，一旦出料口石子堆积，必将影响生产，甚至停产。

因此，铲石子也就成了生产的一道工序，是人与机器的较量。

由于工作强度太大，每一班只能坚持半个小时，然后由下一班工友替班，如此轮换往复。

换下班来，徐海成浑身湿透，躺在地上，天旋地转。半个小时后再次上岗，他躺过的地面上，便印出一个湿漉漉的“大”字。

徐海成在这里干了一个夏天，仅仅挣到几十元钱。

村里有邻居到内蒙古的草原深处收购羊皮，两天跑一趟，能赚20多元。

于是，父亲为他买了一辆价格低廉的“燕山牌”自行车，跟随邻居到内蒙古学做“羊皮贩子”。

青年时期的徐海成

当时羊皮由国家统一收购，不允许私人贩卖，工商部门对此严管重罚。为了逃避打击，徐海成们昼伏夜出，东躲西藏。

出发之前先选定目的地，等天黑下来之后，骑自行车连夜赶路，连续骑行 300 多里，第二天凌晨到达。

到了目的地，利用凌晨或傍晚时间，悄悄走村串户，收购羊皮。白天呢，他们就躲在小客店里睡觉，养精蓄锐，待天黑之后，再骑车带着羊皮返乡。

收回来的羊皮，拿到张北县毛皮市场售卖。

羊皮大小不同，价格在几元到十来元不等。赶上好行情，一张羊皮能赚两三块钱。

有一次，徐海成去收羊皮的时候，携带了100多块钱。这在当时，是一笔了不起的巨款。怕丢，怕被抢，怕被工商部门查获没收。

虽然他把钱放在了贴身的衣袋里，可还是不放心，总是疑神疑鬼，不停地摸一摸、摁一摁。

张家口坝头一带，地处蒙古高原的南端，自古为战略要地，多段长城在高原上盘旋缭绕，如龙似蛇，欲腾欲飞。

战国赵北界长城沿阴山山脉南麓昂首向北与蒙古高原相接。燕北界长城，西自今张家口市怀来县蹿起，一路翻滚经围场、赤峰直达辽东。秦长城、赵北界长城、燕北界长城，三条巨龙相连，化身为举世闻名的“万里长城”。

汉武帝站在秦始皇的长城上，大手一挥，利用秦长城让蒙古高原又多了“河西长城”和“武帝外长城”。辽代在高原上筑“辽代长城”（又称辽代边壕），越过额尔古纳河进入俄罗斯。后来的明代长城南移，多沿内蒙古高原南部边缘地带筑建。

因长城纵横，坝口和边口随处可见。

坝口曾经是百姓逃难和经商的出口，也是土匪出没之地。张北县境内有十余个坝口：野狐岭、西岔、麻泥坝、黄台、霍素太、侯英、水泉、接沙坝、坝顶、十一号梁等等。

徐海成最喜欢收死羊，然后自己动手剥羊皮。这样不仅卖羊皮可以多赚钱，而且如果足够幸运的话，还能吃到羊肉。

冬天的内蒙古草原极其寒冷，又缺乏草料，体质孱弱的羊很难越冬。每一户牧民，多多少少，总会有羊病死、饿死、冻死。当地牧民不吃这种死羊肉，所以不宰死羊，直接扔在角落里。

死羊被冻得梆硬，羊皮根本剥不下来。徐海成便把死羊带回客店，微微化冻后剥皮。

羊死得时间长了，虽然冰冻，但羊肉仍然会有不同程度的腐烂变质。化冻后，臭味刺鼻。

即便如此，徐海成还是会尽力找一些腐烂度低的羊肉，割下来，带回家。

家里的粮食不够吃，腐烂发臭的羊肉就显得异常珍贵。多放盐，大火煮，重重的咸味，遮掩了羊肉的腐臭。

经常与羊皮打交道的皮贩子，身上沾染了浓重的羊膻味，因此就成了狗子们追逐的对象。

有一次，十几条恶犬追着徐海成狂吠，猛烈地撕咬。

徐海成疯狂地蹬着自行车，飞一样向前冲去。眼看把恶犬们甩开了，可自行车的链条由于用力过猛，戛然断裂。

这时，紧追不舍的恶犬猛扑上来。

徐海成心里一沉，认定自己必然难逃此劫，但他还是本能地搬起自行车，与恶犬搏斗。

一轮轮围扑，一次次打退。

经过十多分钟的厮杀，狗子们终于对眼前这个两眼红红的瘦小子失去了兴趣，先后退去了。

徐海成放下自行车，瘫软在地。冷风吹来，冰凉刺骨。这时他才发觉，自己浑身如同水洗。

如今已经时隔三十多年，回忆起来，徐海成仍然心有余悸，两眼发红。

去内蒙古收羊皮的整个冬天里，虽然有吃咸羊肉的幸福，但更多的还是担惊受怕，是精疲力竭，是寒风如刀，是满手满脸的冻疮。

毕竟，私收羊皮是违反国家法规的行为。过春节时，他便决定放弃。

1984年春天，徐海成独自外出打工。

是啊，生活在这片荒滩上的人们，本本分分，踩踏着先祖们的脚窝儿，走过了上千年。农作物品种没有改变，种植方式一如既往，辘辘饥肠依然，只是被动地、动物性地活着。

田野上，一个人，一张犁，一头牛，犁开的田垄在薄薄的夕阳下，慢慢走向天边，仿佛走进历史，又仿佛走进远古……

徐海成不想这样活。

孤身走在去往车站的小路上，他暗暗发誓，再也不回这片寒冷饥饿的荒滩！

踽踽独行，草原苍茫，就辽远成了一曲悠扬的蒙古长调，在高原回旋，回旋成了一只穿云的鹰。

扶贫档案(一)

1945年,“消除贫困”条款,被庄严地写进《联合国宪章》。

1992年,第四十七届联合国大会确定每年10月17日为“国际消除贫困日”。

人类消除贫困的强烈愿望与决心,已经上升到了前所未有的高度。

但是,1997年,联合国《人文发展报告》仍然无奈地宣称:全球贫困国家已经从29个增加到了48个,贫困人口每年以1000万的速度不断增加,已经从10亿增加到了13亿!

然而,在世界贫困状况不断恶化、贫困人数持续上升的国际背景下,中国的扶贫成就,却举世瞩目。

自1949年中华人民共和国成立以来,中国政府和人民就始终与贫困进行着不懈的斗争。

人民公社时期,虽然在救济、卫生、医疗、保健、教育等方面,均取得了明显进展,但由于基础差、底子薄,农村绝对贫困现象十分普遍,不少群众难以维持基本的生存需要。一些省区的乡镇政府,甚至为被迫外出乞讨的村民出具“贫困属实,请予支援”的介绍信。

国家1978年的统计数据显示:中国农村贫困人口超过2.5亿人,占农村总人口的30.7%。

这一时期的贫困人口,并没有作为一个特殊的群体被社会和政府特殊关注和关照。正是1978年实施的农村体制改革——家庭联产承包责任制度,极大地激发了农民的劳动热情,对缓解农村贫困状况,发挥了不可估量的作用。

据国家农业部有关资料记载:从1978年至1985年,全国农村绝对贫困人口从2.5亿人下降到1.25亿人。这一时期农村绝对贫困人口平均每年减少1786万人,农村贫困发生率从30.7%下降到了14.8%……

第二章　活鬼

煤窑民工们的日子，井上井下，黑黑白白。喝醉酒睡觉，睁开眼干活儿，日复一日。

他们多数来自偏远地区，家乡自然环境恶劣，交通不便，经济发展严重滞后。由于文化程度普遍不高，没有见过多少世面，因而没有高远理想，只是在生存本能的驱使下，被动地迈步前行。

徐海成在煤窑打工已是第九个年头，建新房的理想一直没有实现。

其他工友们的理想呢，也都还只是理想……

6.心伤砖瓦窑

夜里，徐海成时常被噩梦惊醒，工友遇难时血腥恐怖的场面，总是浮现在眼前。

他多次下决心离开煤窑，回家。可是，出来大半年了，一分钱还没有挣到兜里，回家后实在无法向父母交代。而且，想到家乡的贫穷和饥饿，肠胃便条件反射般的痉挛，于是又犹豫了。

春天他从家里出来后，先是来到邻省的一家砖瓦窑打工。

用板车拉砖坯，一天拉 100 多车，累计往返 100 里，挣 1 块 5 毛 8 分钱。

劳动强度高，又正值饭量大的年龄。8 两一个的大馒头，像小枕头一样长，别人只能吃一个，他吃两个勉强能饱。

以前在家里，别说白面馒头，就是水煮土豆也不可能论饱吃。

当然，出来打工的目的，是为了赚钱，绝非享受。因此，为了省钱，他每顿饭只吃一个馒头，这样可以节约一笔开支。吃不饱，多喝水，这是他小时候就从妈妈那里学到的经验。

干重体力活儿，体能消耗快，食物消化得更快。吃饭的时候喝个水饱，出一身汗，肠胃里的水分消耗掉了，肚子很快瘪了下来，咕噜咕噜地喊饿。

因此，每次吃饭，他总是四处踅摸工友们丢弃的剩馒头。

馒头丢在一旁两三天，确信没有人要了，他才悄悄地捡过来，用开水泡泡，狼吞虎咽地吃下去。

那天夜里加班，干到近 12 点。快要下班的时候，来自张家口市怀安县的包工头，上前为砖机传动齿轮注油。

早春的深夜，仍然十分寒冷，包工头穿着肥肥大大的棉袄。为齿轮注油的时候，一不留神，右臂的袄袖被齿轮绞住了。

齿轮固执地转动着，死死地咬着他的袄袖往里拽。工头惨叫一声，齿轮处顿时血流如注……

他的右手被绞碎了，碎肉与袄袖上撕出的棉絮淋淋漓漓。

徐海成刚装好一车砖坯，正准备拉走。看到包工头受伤，赶紧跳上砖机，死死地攥住他的右手手腕。

砖瓦窑旁的水库管理站，有一台解放牌大卡车。工友们上前求告，大卡车司机心急火燎地把包工头送往当地医院。

去往医院的路上，徐海成始终紧紧地攥着包工头的手腕。他的手上、衣服上，溅满了包工头的血。

包工头痛哭哀号，虽然大卡车风驰电掣，车斗里寒风呼啸，可他和徐海成的额头上，仍然汗如豆出。

经医生检查，包工头的右手被绞掉了 4 根手指和大半个手掌，必须尽快做截肢手术。

医生说，如果保留大拇指，创伤面不可能得到彻底清理，因而极易引发进一步感染。果真如此，就必须再次做截肢手术，连同小臂一起切除。倘若首次从手腕处截肢，原创伤面被彻底清除，引发进一步感染的概率极小。

由于伤者家属未在现场，又仅有徐海成一名陪护人员，医生只能征求他的意见。

徐海成第一次出远门打工，见识不多，言语木讷。他说，我也不懂，你们医生看着怎么好就怎么办吧。

医生最终决定从手腕处截肢。

手术方案定下来，必须有伤者家属签字才能手术，于是便由徐海成代签。

这是徐海成有生以来第一次承担如此重大的责任，第一次如此郑重其事地写下自己的名字。

在手术方案上写下自己名字的那一刻，他觉得，与包工头一下子亲近了。

包工头受伤以后，很多工友看到形势不妙，悄悄离开了砖瓦窑。相好的工友劝徐海成说，包工头出事了，别到时候给不了工钱，还是趁早走吧。

徐海成说，这时候离开，不是乘人之危吗？怎么能这样不讲信用？

工友先先后后走了大半，徐海成坚定地留下来。他相信包工头不会对不起自己。

到了夏天，这里经常下急雨。“咔嚓”一个响雷，大雨随即而至。

小时候遇到下雨天，徐海成总是拼命往屋里跑，如今他却急着往外跑。

砖坯最怕雨淋，下雨的时候必须第一时间盖好，否则就会被淋成一堆烂泥。

每次盖完砖坯，他和工友就被淋成了落汤鸡。

徐海成没有其他可以替换的衣服，只能用身体硬生生地把湿衣服暖干。皮肤被湿衣服浸得青白瘆人。

徐海成煎熬不过，难免想家。

望着东北方坝上的草原，忽然有风吹过，他的心猛地一揪，似有一根无形的布条，牵扯着他漂泊在外的灵魂。

哥哥已经到了成家的年龄，自己也已经成年，弟弟妹妹也都长大了，可家里还是那两间破旧的土坯房，一家人怎么住，哥哥如何成家呢？

必须尽快建新房。

每次想撂挑子不干的时候，徐海成就默默地算账：一天挣 1 块 5 毛 8 分钱，除去吃喝，至少能剩 1 块钱，一个月就是 30 块。干到秋末砖厂停工，能挣近 200 块钱……

中秋节快到了，徐海成想把工资取出来，汇给父母。已经在这里干了四个多月，能领到一大笔钱。

每次想象父母收到汇款时，那欣慰和幸福的表情，以及亲朋好友和邻居们的啧啧夸赞，他就不由得心里热热，眼睛辣辣的。

是啊，自己已经长大了，能赚钱为父母分担忧烦了。

那天，他壮壮胆子，到厂部领工资。不想，竟然被赶了出来。对方说，钱都给你们包工头治病了，哪里还有钱发工资？先好好干吧，到时候一起结算！

随后他又几次讨要，竟然被粗暴地赶了出来，最后一次还差点儿挨打。

直到这时候，他才知道自己被骗了。

建新房的梦想，在他红红的眼圈中，顿时变得遥远缥缈起来。

火热的希望，全家人的期盼，就这样白白泡汤了。

之前他听工友说过，这里周边煤窑很多，每天能赚 3 块钱，只是特别苦累，还经常出事故死人。

可即便如此，他仍然决心冒险一试！

7.睡不醒的窑黑子

离开砖瓦窑之后，徐海成辗转来到这家私人小煤窑，遇到了工友“老云南”。

“老云南”很有心计，过日子精打细算，对多年以后的事情也盘算得井井有条。

他的儿子才 10 多岁，在老家另一个村子的教学点读小学二年级，学习成绩在班里排前几名。小学三年级的时候，儿子要到十几里外的中心学校读书，而后去乡镇所在地读初中。他希望儿子将来能够考取大学，走出农村。

读完小学和初中需要多少钱，读高中花钱多，大概要准备多少，“老云南”都有计划和安排。甚至对于儿子将来读大学、在城市里成家等等事项，也都条分缕析地进行了规划。

虽然“老云南”精于谋划，但对工友却十分诚恳，干活儿从来不偷奸耍滑，只是因为身材矮小单薄，力气小一些。

由于他为人和善，而且遭遇事故又往往有惊无险，所以大伙儿反而乐意与他搭班。

徐海成也很愿意同“老云南”聊天，从他那里学到了不少理财持家的经验。

1984年年底煤窑放假前，徐海成攒下了213元钱。

回家过年的时候，为防止这笔“巨款”在路上被偷、被抢，“老云南”事先帮他缝在了棉被里。

徐海成背着破破旧旧，但“含金量”高高的铺盖卷儿，踏上去往张家口的火车，荣归故里。

井下煤层巷道起起伏伏，运煤的绞车行驶在临时铺就的道轨上，稍有不慎，便会冲毁道轨，翻车。

每个煤层掘进作业面由三个班组组成，24小时不间断生产。每个班组工作8个小时，交替轮换。

徐海成是装煤工，负责往煤斗上装煤，每个煤斗载重1吨。

煤窑以产量计算工钱，将煤运到地面为准，每吨7毛。

每个班组配备7部绞车，使用同一条道轨。因此，如果一部绞车冲毁道轨翻车，其他绞车也将被迫停运，整个班组生产就会全面受阻。

徐海成所在班组时常发生绞车翻车事故，虽然不时更换绞车手，但整个班组所有人员几乎轮换一遍，仍然没有找到合适的人选。

遇有机会，徐海成便对绞车和道轨暗暗观察，终于找到了翻车原因，逐步掌握了操纵绞车的技巧。

他先是被推举为绞车手，随后又担任班组长。

其他班组长一般不参加具体生产劳动，只是负责协调指挥，徐海成却不。他不仅参加劳动，而且总是干得热火朝天。

把绞车开到井口下，待煤斗升井之后，他便快步跑回掘煤掌子面，与工友一同往煤斗里装煤。

相比其他班组，他们相当于多了一个劳动力。徐海成力气大，干活儿又快，因而生产效率大大提高。

为了进一步提高效率，徐海成找来“老云南”，手把手地教他开绞车。

“老云南”成了绞车手，徐海成便全力投入装煤的队伍里。

他们先是被评为本掘进面的先进班组，随后他又成为整个煤窑的生产标兵，工资收入随之水涨船高。

煤窑里的生产环境异常恶劣，煤尘直往人的鼻孔里、嘴里、肺里钻。工友们不时“喀喀”地咳嗽、“呸呸”地吐痰。特别是放完炮之后，巷道里硝烟弥漫，眼辣鼻酸。

“老云南”说，过年的时候在家里待了一个多月，吐出来的还是黑痰。

由于煤窑里空气质量差，氧气含量低，工友们大脑昏昏沉沉的，反应迟钝。再加之劳动强度高，就特别嗜睡。

俗话说“吃不饱的讨吃子，睡不醒的窑黑子”，徐海成对此深有体会。

三个班组月底大换班的时候，每个班组都有轮空的机会。窑黑子们，便都会有一次漫长的睡眠。

徐海成的最长睡眠纪录是 48 小时，两天两夜，不吃不喝。

8.最贵新娘

“癞蛤蟆想吃天鹅肉,肚皮朝天瞎思慕。”

到了成家的年龄,徐海成也常常心有所思。可是,由于家里贫穷,对于漂亮女孩儿的向往,只是痴心妄想。

果然,亲朋好友先后为他介绍了几个女孩儿,都因为他家太穷,拒绝了。

父母越发心急如焚。

在煤窑里讨生活,事故频频,多有伤残。果真如此,再找对象,就更困难了。

1987 年春节前,徐海成放假回家。表姐为他介绍了邻村一位名唤裴秀平的姑娘。

双方相看后,裴姑娘倒是表示同意,只是她家的条件更是艰难,哥哥患有白血病,需要终年服药治疗。而且,她本人眼睛深度近视。

近视眼往往代表学问深,裴秀平却不是。说起来难以置信,其实她只读到小学二年级。

那时候坝上地区不能种植蔬菜,家里又极度贫困,常年连饭都吃不饱,更买不起蔬菜和水果。营养不良,加之严重缺乏维生素,裴秀平的眼睛因此早早近视。

她原本学习成绩不错,但由于近视越来越严重,看不清楚老师在黑板上的板书,成绩一路下滑,因此只读到小学二年级,便辍学了。

出生在贫困农村，能够改变命运的途径不多，读书无疑最为现实。然而，正是因为贫穷，阻断了孩子们的求学之路。而一旦辍学，又踏入了贫困的宿命里，只能沿着祖辈的脚印，凄凄楚楚地在贫困中度过此生。

如果从她这里纵向回望，望向几百年，甚至上千年前，祖祖辈辈走过来，所有的身影几乎重叠，就像同一个人走过了世世代代，没有本质的改变。

其实，每一个贫困家庭不都是如此吗？贫困代际传递，绵绵延延……

徐海成与父母反复商量，最终还是应下了这门亲事。

自己家里穷，哪敢挑剔别人啊。

当时本地定亲，彩礼普遍是 480 元钱加三大件——自行车、手表和缝纫机。

徐海成与裴秀平定亲时，女方却要了 680 元钱和六大件——两辆自行车、两块手表、两台缝纫机。

为什么要双份呢？

裴秀平多要出一份，原本是想当作哥哥定亲时的彩礼。后来哥哥病情越发严重，她便把这些彩礼全部卖掉，为哥哥治病。

男方越穷，越不容易找到对象，女方因此要的彩礼就越多，从而导致男方更加贫穷。这在农村，是一个普遍存在的婚姻怪圈。

1987 年农历十月十九，徐海成结婚成家。

结婚之前，他把两间土坯婚房，精心“装修”一番。

说是装修，只不过是花 1 块 2 毛钱，买来 4 斤旧报纸，裱糊一下顶棚。

裱糊顶棚可是一项技术活儿，四面墙上钉上钉子，纵横拉上铁丝，经纬交叉，就形成了大方格铁丝网。

报纸搭在铁丝网上面，然后将报纸边缘涂抹糨糊，使之两两相接。

糊报纸必须一鼓作气地干完，否则，先糊的报纸糨糊干燥后，再糊新报纸，就会因为张力不同而产生褶皱，甚至被挣裂。

顶棚糊完后，再在四角和中心部位，粘上大红纸剪成的吉庆图和双“喜”字，婚房顿时变得亮堂堂、喜盈盈。

没有丰盛的宴席，也没有隆重的婚礼，只有亲戚朋友们美好而真诚的祝愿。结婚仪式虽然简朴，却也喜庆。

热热闹闹、纷纷攘攘中，两个苦命人，走到了一起。

婚后第三天，父母便与他们分家了。除了一笔 700 元的外债，还有 8 亩薄田、2 间土坯房、4 双筷子、3 只碗、5 碗莜麦面，便是这个小家最原始的启动资本。

结婚之前，按照当地婚俗，徐海成给了未婚妻 680 元衣裳钱。结婚的时候，妻子带回来 500 元。

他们原本打算用这笔钱偿还定亲、建房和结婚时欠下的外债，后来小两口反复商量，决定买一头牛，一来可以耕地拉车，再者还能下牛犊卖钱。每年下一头牛犊，还一笔外债。

经朋友介绍，徐海成看中了邻村的一头牛。双方谈妥价钱，

550元。

可是，除了结婚时妻子带回来的500元，他连50元钱也拿不出来了。向亲朋好友告借，连续问了几家都爱莫能助，因而只好作罢。

小夫妻买牛的打算就此破灭了，准备买牛的500元钱，便拿去还了外债。

眼看到了年底，虽然徐海成也贪恋新婚的甜蜜与幸福，也渴望爱情的温馨和浪漫，但过日子需要钱啊。因此，婚后第七天，他便匆匆返回打工的煤窑。

年前两个多月，他挣回了185元钱。

回家之前，他为妻子买了一瓶“雪花膏”。

这是妻子有生以来，第一次使用如此奢侈的化妆品，欢喜得无以复加。

9.梦想有多远

人们都说，窑黑子是“下煤窑活鬼，上煤窑县委”，的确如此。

煤窑下生产环境恶劣，又极其危险，钻进不见天日的煤窑里，无异于一只脚踏进了鬼门关，因此窑黑子被人们称为“活鬼”。

在煤窑下工作太辛苦，又生死难料，所以窑黑子们大多抱有“今朝有酒今朝醉”的想法，因而升井之后，抽过滤嘴香烟，喝瓶装白酒。人们说，这是县委领导才能享受的生活。

他们抽烟喝酒，实在是对精神的一种慰藉。

远离家乡和亲人，在事故频发的煤窑里讨生活，谁都不敢保证，自己下井后还能活着回来，因此精神高度紧张。

徐海成听工友说，经常有人在煤窑干一段时间，就精神失常了。

所以，窑黑子们升井回到地面以后，喜欢凶猛抽烟、大口喝酒，以便忘掉苦恼，忘掉忧烦，忘掉恐惧。喝醉酒以后大哭大笑，一切情绪清零，倒头便呼呼大睡。

徐海成，也学会了抽烟喝酒。

当时档次较高的烟是“北戴河”，2 块 5 毛钱一包；带过滤嘴的“迎宾”烟每包 6 毛 3 分钱，普通的 5 毛钱一包；带过滤嘴的“官厅”烟 5 毛钱一包。白酒呢，最常见的是“老龙潭”，1 块 7 毛钱一瓶。

同一个班组的工友一块吃饭，一起喝酒，吹牛侃山，谈天说地。

徐海成最聊得来的工友还是“老云南”。喝酒的时候，两个人总是大着舌头、南腔北调地谈自己的故事和理想。

“老云南”的儿子每天上学都要翻山越岭 10 余里，披星戴月地赶往学校。傍晚放学回家的时候，走不出几里，天就黑了。磕磕绊绊地走在漆黑的山路上，危险重重。几年间，他儿子有 3 名同学，先后失足跌落悬崖。

每每说到此处，“老云南”总是失声痛哭。孩子们要考大学真是太难了，可是不考大学，将来会更难！

徐海成对于“老云南”儿子的求学艰难，感同身受。当年他在离家5里远的小二台公社中学读书,每天徒步往返。特别是冬天,寒风刺骨,浑身像针扎一样疼痛难忍。有的孩子被冻哭了,眼泪流下来,落在地上就是冰蛋蛋。

1988年腊月,徐海成的妻子生了一个女儿。

他对“老云南”说,必须多赚钱,坚决不能让孩子再受他吃过的苦。

“老云南”知道,徐海成的梦想是建一栋砖房子,房顶罩上红瓦,妻子和女儿住在里边,下再大的雨也不用害怕。

徐海成结婚时的土坯房是泥巴房顶。

泥巴防水性能差,房顶容易漏雨。特别是经过冬天的风雪之后,房顶的泥巴风化,到了雨季,四处渗漏。因此,每到春天,就要在房顶上抹一层新泥,当地称之为抹春泥。

抹春泥看似简单,其实是一项要求极其严格的技术活儿。

首先是和苒泥,把莜麦秸用铡刀铡成一寸长短的小段后,掺入泥土中,加水和匀,然后堆积发酵,过两三天再用脚反复踩踏,使其达到理想黏度。

抹房顶的时候,必须将苒泥压实、抹平、轧光,因而对泥匠的经验、眼力、腕力都是极大的考验。

有人说了,苒泥抹得厚一些不就得了,越厚防水效果越好。

当然,这道理没有错。可是,谁家也不敢抹得太厚,一般只在1厘米左右。

由于当地百姓普遍贫困,建房子的时候买不起粗些的檩条和

徐海成与妻女合影

椽子。檩条细，而且排得又稀疏，所以承载能力差。抹春泥的时候，如果抹得太厚，椽檩无力支撑，极容易垮塌。

每年抹一茬春泥，房顶的苒泥越积越厚。为了减轻房顶的重量，在抹春泥之前，先要将此前抹的旧苒泥铲掉一层。

徐海成家的房子已经两年没有抹春泥了。每次下雨的时候，屋里就变成了水帘洞，到处滴滴答答。

妻子把家里的盆盆罐罐全都拿出来接雨水，还是不够用，地上仍然积水成片。面缸子、油罐子、粮囤、被褥和衣服，全被打湿了。

雨过天晴之后，徐海成家的院子里，就晒满了衣服与被褥、米面等。

为此，妻子可没少埋怨徐海成。

年后回煤窑的时候，他向妻子许诺说，今年雨季到来之前，保证将泥房顶换成瓦顶。

10.煮熟的鸭子

煤窑里的工作又险又累，夜晚躺在工棚里，除非尿急，谁都懒得起来。

可徐海成为了多赚一些钱，以便早日兑现对妻子的承诺，升井之后，便匆匆忙忙洗把脸，跑到麻花作坊里批发一些麻花，背在肩上，走村串巷，沿街叫卖。

他早就算计好了，雨季来临前的三个多月，工资加卖麻花赚取的外快，总收入能有 500 元左右。除去吃喝花费，可以攒下 300 多元。

家里的两间房子，需要 800 多片瓦。

红瓦由于制作工艺复杂，人工成本高，所以价格昂贵，每片要 3 毛多钱，买不起。

当时水泥瓦已经时兴起来，由于价格便宜，每片仅 1 毛 3 分钱，很受当地人欢迎。只是水泥瓦容易风化，使用寿命较短，仅七八年。

徐海成安慰自己说，先用水泥瓦吧，等将来条件好了，盖砖房，用红瓦。

这次如果能攒下 300 元钱，买瓦花 100 多元，请邻居帮工管饭花几十元，再留给妻子女儿几十元花销，还能还100元外债。再努力干一年，外债就还清了。

徐海成很高兴，当天傍晚，就把卖后剩下的十几根麻花，请工友们当作酒肴吃掉了。

吃饭喝酒的时候，他大着舌头对“老云南”说，我家房子换瓦顶的梦想就要实现了，你的梦想肯定也很快能够实现。

“老云南”叹口气说，老婆去年冬天染上病，一直不见好转。不仅耽误干活儿，还需要买药治疗，花钱的地方多啊。

徐海成安慰他几句，然后又说起自己家房顶换瓦的具体规划，而且把自己卖麻花的路上算过的账，也都一五一十地说了一遍。

“老云南”恭喜他，两人端起碗来，各自喝了一大口酒。

徐海成终于攒够了300元钱，趁雨季来临之前，请假回家，买瓦换房顶。

他来到火车站，正准备到售票厅买票，却被几个彪形大汉推推搡搡地带到一个偏远的角落里。

彪形大汉眼露凶光，要他把身上的钱全都掏出来，否则就要了他的小命。

工友们时常讲返乡途中遭遇小偷或劫匪的可怕经历，徐海成之前坐火车的时候，也曾多次遇到小偷，由于早已把钱藏得严严实实，所以有惊无险。

他们多是把钱缝在被子里。即便小偷是时迁再世，也休想偷走分毫；即便劫匪把行李翻个底朝天，也只能丧气而归。

可是这一次，徐海成由于回家换完房顶就回煤窑，所以没有带行李，更没有带被子，因而便把钱缝在了衣服里。

当时第四套人民币发行时间不长，新增的 50 元、100 元大面额币种民间少有流通。因此，他攒下的 300 元钱，多是 5 元、10 元面额的纸币，摞在一起，厚厚的一沓。

把这些钱缝在一起，必然容易被人发现，因此他就将其分成 6 份，分别缝在了衣襟、袖口和裤脚里。

虽然他心里有些害怕，但又对自己藏钱的手段颇有信心。因此，面对劫匪种种逼迫，他只是说没有钱。

“你他娘的窑黑子，会没钱？”

“被人家骗了，分文没给。”

劫匪历经风浪，经验丰富，哪能轻易骗过。

虽然徐海成故作平静，但面对凶神恶煞的劫匪，还是有些惊慌。或许正是他的表情，把他出卖了。

劫匪反复搜索，仅在他衣兜里搜出了半包不带过滤嘴的“官厅”烟，和准备买车票的 3 张 1 元面额的纸币，与一些零零碎碎的毛票、分币。

劫匪将 3 元“大面额”的纸币揣进自己腰包，骂骂咧咧地把烟和毛票、分币甩在了徐海成的脸上。

徐海成借机弯腰捡掉在地上的钱，以为劫匪会就此罢休，不觉暗自庆幸。不想，劫匪们不动声色地交换一下眼神，其中一个身材稍矮偏瘦的家伙，上前来扒他的上衣。

“大哥，我没钱，真没钱……”

“少啰唆，把褂子脱下来！”

徐海成眼露惊恐，满脸通红。

劫匪把他的上衣拎起来，里里外外翻找。

这件衣服徐海成已经穿了多年，虽然前几天刚刚洗过，但上面仍然沾有不少煤灰，而且还有一股浓重的汗臭味。

“大哥，把衣服给我吧，真没钱！”说着，徐海成伸手去拿衣服。

“滚！”劫匪作势用衣服打他，然后又拎着衣服从上到下细细地捏。

快捏到衣襟了，徐海成把脸别到一边。

“刺啦”，衣服被撕裂的声音。

徐海成咽了口唾沫，暗暗叹气。

“你不是说没钱吗？不是被骗了吗？他娘的，老子倒是差点儿被你骗了。”

瘦劫匪把一小沓钱递给一个黑胖子。

“还有吗？”黑胖子问。

“我再找找看，肯定还有。他不可能就挣这么一点儿钱。”

缝在衣襟里的另一沓钱也被翻出来了。随后，缝在两个衣袖袖口里的钱，也未脱此劫。

劫匪似乎从中找到了规律，把徐海成上衣所有缝合处都细细地捏过一遍，确认没有钱了之后，把衣服往地上一扔，又伸手捏徐海成的裤腰……

他缝在两只裤脚处的钱，也被先后翻了出来。辛辛苦苦攒下的300元血汗钱，被洗劫一空。

劫匪们骂骂咧咧、嘻嘻哈哈地走了。

徐海成陡然坐在地上，把脸深深地埋在臂弯里。黝黑的肩膀，簌簌抽动。

回张家口的火车票是3块2毛钱，从张家口坐长途汽车到小二台乡，票价9毛。

徐海成数数仅剩的零散碎币，1块4毛5分钱。

不够买火车票，怎么回家呢？

买房瓦的钱被抢走了，再回家还有什么意义呢？

他准备回煤窑，可又怕工友们笑话。而且，即便不能为房顶换瓦，总要抹一茬春泥呀，不然到了雨季，妻子和女儿如何安身啊？

于是，他又下定决心，回家。

他之前听工友说过，买一张站台票，只要上了火车不被检票员逮着，就能逃票坐车。

他花2毛钱买了一张站台票，装作上车送亲友的模样，登上了去往张家口的火车。

上车后他一直十分警惕，只要看到乘务员的身影，就赶紧东躲西藏。

第一次遇到的是卖货的乘务员，推着小车，“花生瓜子矿泉水”，一路喊。徐海成担心她与检票员是一伙儿的，所以吓得躲进厕所里不敢出来。

有位乘客内急，梆梆敲门。他越发害怕，不敢作声，更不敢开门。

侧耳听听外边没了动静,他才悄悄地溜出来。

还有一次是一位乘务员路过,他赶紧钻进座椅底下,装着睡觉,大气都不敢出。

两次遭遇乘务员,徐海成有惊无险。

但乘务员第三次来的时候,是真的检票了。他远远看见,提前躲进厕所。

要知道,乘务员每天面对形形色色的各种乘客,眼观六路,耳听八方,因此虽然徐海成躲进厕所,还是被查获了。

乘务员要他补票,可他身上没有钱,因而被乘务员没头没脸地数落一顿。

他真是无地自容啊,一直到张家口下车,始终满脸热辣,总感觉有人在背后指指点点。

11.福星之死

煤窑民工们的日子,井上井下,黑黑白白,喝醉酒睡觉,睁开眼干活儿,日复一日。

对于这种日子的安排,老天爷实在是偷了懒,就好比用复印机,只是将日子一天天地复印。从年头到年尾,几乎完全重影。

这些民工多数来自偏远地区,家乡生存环境恶劣,交通不便,经济发展严重滞后。他们文化程度普遍不高,没有见过多少世面,没有高远的理想,只是在生存本能的驱使下,被动地迈步前行。

徐海成在煤窑打工已是第九个年头，建新房的理想一直没能实现。

其他工友的理想，也都还只是理想。

特别是“老云南”，他的儿子虽然读小学的时候成绩不错，但那只是与本校同学相比。考取初中之后，整个乡镇的优秀学生聚到一起，他儿子的成绩排名直线下降。而且，由于学校基础设施和师资水平欠佳，能考取高中的学生寥寥无几。果然，中考时，“老云南”的儿子落榜了。

此后，“老云南”便开始谋划为儿子建房子，尽早娶媳妇。要不然，年龄越大，越不好找对象，需要的彩礼也就越多。

可是，由于“老云南”的妻子做过一次手术，花光了家里所有的积蓄，因此为儿子建房的钱就没了着落。

“老云南”的身体越发虚弱了，咳喘得厉害。特别是井下放完炮以后，巷道里硝烟弥漫，他总是咳得直不起腰。

工友们怀疑他患染肺尘病，劝他到医院检查。他却故作轻松地说，哪能没病找病呢？煤窑里粉尘大，咳嗽两声太正常了。

矿上仍然事故频发，徐海成先后抬过、背过、扛过十多位遇难工友的遗体。

所幸矿工遇难，煤窑赔付的标准提高了。“老云南”得知此事后，不禁唏嘘感叹。

他的体质差，喝酒易醉，往往几口酒下肚，便哭哭笑笑。

有几次，他喝过酒之后对徐海成说，要是在井下出事故死了也挺好，赔偿款足够为儿子建房子、娶媳妇了。

徐海成呵斥他，嫌他胡说。

那天下井前，“老云南”猛然灌下半瓶白酒。在井下干活儿的时候，摇摇晃晃。

徐海成劝他说，实在不行，就找个地方休息一下，别硬撑着。

“老云南”说没事，喝酒就是为了提劲儿，干活儿有力气。

大家正奋力干活儿，巷道顶部突然掉下来几块碎石头。矿工们知道，这是发生冒顶事故的前兆。

大家哄然跑开，“老云南”却呆呆站立，原地不动。

“老云南，你找死啊？快跑！”工友们尽量压低声音喊他。

这种情况下，任何大声叫喊，都有可能变成助纣为虐，导致冒顶事故更快发生。

“我看看，呵呵，看看。”

此时，洞顶的一块大石头骤然一震。

“老云南，快闪开！”

徐海成话音未落，石头便砸落下来。

“老云南”先是被一块石头击倒，随即另一块石头砸在他的肚子上。

徐海成和工友们发疯似的把通风风带撕开，兜起“老云南”，抬上地面。

去往医院的路上，徐海成紧紧地攥着“老云南”的手，不停地大声与他说话，说你是福星，没事的，肯定没事的。

道路颠颠簸簸，卡车哐哐当当，噪声把他的话淹没了。

"老云南"费力地眨眨眼,张张嘴。徐海成赶紧低头凑近他的嘴边,听到的是断断续续的三个字:赔……偿……款……

来到医院,医生跑来看看,大声训斥,你们把死人拉来干什么?

徐海成伸手摸摸"老云南"的胸口,还有温热,便对医生大吼:"救人啊,快救人啊!"

医生无奈地摇摇头,走了。

…………

处理完"老云南"的后事,徐海成辞去了煤窑的工作,返回家乡。

扶贫档案(二)

1986年5月16日,国务院贫困地区经济开发领导小组正式成立,中国式扶贫——"有组织、有计划、大规模的农村扶贫开发活动",翻开新的一页。

会议纪要显示:当时全国农村人均年纯收入在200元以下的约有1.02亿人,占农村总人口的12.2%,"部分农民的温饱问题尚未完全解决"。

这一时期的主要扶贫方式,是国家实施的以工代赈政策,就是政府投资建设基础设施工程,贫困农民参加工程建设,获得劳务报酬,直接增加收入。

以工代赈政策的实施,既盘活了农村剩余劳动力资源,又增加了贫困农民的经济收入,而且还大大改善了基础设施条件,对贫困人口的生产生活均产生了积极影响。

国家统计数据记载:从 1986 年到 1993 年,中国农村贫困人口从 1.25 亿人下降到了 8000 万人(当时中国的贫困线标准为人均年收入 350 元),年平均递减 6.2%……

第三章　狗日的荒滩

沙砾遍布的田地里，孱弱枯黄的莜麦和亚麻，收成可怜巴巴。土豆呢，已经种植了几百年，由于品种老化，加之缺肥少水，果实稀稀疏疏。

徐海成夫妇打拼十余年，但赚到的钱除去花销，所剩无几。

徐海成时常暗暗诅咒，在这狗日的荒滩上，要靠种田发家致富，痴心妄想！

时代变迁细细碎碎，却又轰轰烈烈。他的大脑像一架灵巧的风车，不断根据风向，改变思维，调整方向……

12.最牛脱瓦工

1993年夏天，徐海成回到家乡以后，看到本地一家水泥瓦厂正在招工，但由于工作又脏又累，应者寥寥。他上前探问，对方欣然同意录用，被安排做脱瓦工。

脱瓦实行计件工资，脱一片瓦，挣 1 分钱。

工友们每天普遍脱 230 片。他力气大，又勤快，每天可脱 300 片。

厂里进料，拉来石子、沙子或水泥，徐海成还主动帮忙卸车。

水泥 50 公斤一袋，卸货点距仓库三四十米远。其他工友一次背 1 袋，徐海成可背 3 袋。

有位工友不服气，要与他比试，一次背了 4 袋，徐海成也背 4 袋。

工友背 5 袋。

他也背 5 袋。

工友背 5 袋已是趔趔趄趄。

徐海成背完一趟，说再给我加一袋。一次背了 6 袋，他感觉还能再加。下一趟，背了 7 袋。

与他比试的工友背完 5 袋，坐在地上呼哧呼哧地喘，半天也站不起来。

要说，一次性背负 700 斤的重量，超越了人的正常承受限度。因此，徐海成创下的纪录，让人难以置信。

那时候徐海成 28 岁，正值壮年。虽然他的身材不算高大强壮，却有虎劲儿，能吃苦，饭量大，一顿吃 2 斤馒头。

徐海成的家乡张北县德胜村，地处蒙古高原南端。

蒙古高原，为中国草原游牧民族兴衰的核心地区，大多数盛极一时的游牧民族，都曾经在这里生存，甚至向南挑战中原农耕王朝。

据20世纪70年代在此地发现的旧石器和新石器时代遗址考古证明，早在远古时代，这里就有人类繁衍生息。

公元前9世纪以来，先后有匈奴、东胡、鲜卑、乌桓、柔然、高车、突厥、回纥、黠戛斯、契丹、室韦、蒙古等部落和民族，在此地草原荣枯中兴衰更替，演绎出了一幕幕悲悲喜喜的历史大剧……

虽然在水泥瓦厂费尽辛劳，但收入，唉……

好在厂子离家不远，能够兼顾田里的农活儿。

下了班，他直接到田地里锄草、打药、侍弄庄稼。

可是，这里沙砾遍地，土地贫瘠。禾苗们瘦弱纤小，勉强结籽，收成寥寥。

莜麦成熟了，徐海成与妻子带着5岁的女儿到田里收割。

不论收成丰歉，这毕竟是一家人的口粮，全年的指望，总要倾力对待。

他与妻子割莜麦，女儿一个人在地头玩儿，拔一棵野菜，摘一朵小花，玩得不亦乐乎。

他们中午不回家，早晨带来的莜面窝窝和开水，就是三口人的午餐。

夫妻俩忙得昏天暗地，心力俱疲，傍晚天黑透了才能下工。

那天夜里，他们拖着疲惫的身子回到家，猛然发现女儿不见了。

徐海成与妻子心急如焚，相互埋怨着，拿上手电沿路寻找。

万幸，女儿还待在莜麦田里，正绝望地哭泣。

由于女儿乖巧，父母又的确太累，以至于把她给忘记了。

收完莜麦和亚麻，坝上地区的气温骤然下降，过不了几天，就开始下霜、结冰了。

水泥瓦只能夏季生产，霜期一到，立即停工。

徐海成必须另寻门路赚钱。

他的父亲秋收完之后准备去北京打工，帮人家种菜。

父亲养有一头小牛，去北京打工后担心母亲照顾不过来，于是想卖掉。

徐海成刚结婚的时候就想买牛，一直买不起。他按照市场价格，花 800 元钱，把父亲的小牛买了下来。

坝上地区冬季漫长，徐海成不想再外出打工，便思谋学一门手艺。

做豆腐是养家的买卖，不仅卖豆腐本身可以赚钱，而副产品——豆腐渣还能用来养猪，豆腐浆水可以饮牛羊。

养牲灵也能赚钱，还能积肥，可谓一举多得。

于是，徐海成便去学做豆腐。

13.奔忙的豆腐

徐海成投资 300 多元钱，买了一台电动磨，用作磨豆浆；又请泥瓦匠支起了专门煮豆浆的锅灶；请木匠做了豆腐模具和切豆腐用的标尺。

做豆腐用水很多，一锅豆腐，要用两担水。

打水要去村南一里外的大口井，做豆腐时再去打水根本来不及，因此需要蓄水的器具。

他来到集市上，准备买一口大水缸。可是问问价格，要20多元，舍不得买。于是便骑自行车到10余里外的山坡下，往往返返十几趟，捡回一些碎石头。又花3元钱买了水泥和沙子，自己动手垒了一个蓄水池。

一切准备就绪，徐海成的豆腐作坊鸣鞭开张。

这也是一片热热闹闹的小工厂呢，从原料准备到产品下线，是一条完整的生产链，环环相扣，缺一不可。

做豆腐，先提前一天将黄豆泡好，然后磨成豆浆。

用纱布将豆浆与豆渣分离，豆浆入锅煮沸，用亚麻油消除豆浆表层浮沫。

把煮好的豆浆盛入模具，点上卤水搅匀，静置约半个小时，豆腐便可成形，然后切块售卖。歇后语“卤水点豆腐——一物降一物”，便源出于此。

卤水真的好神奇，到底是什么东西呢？

其实就是成品豆腐里渗出来的浆水，经过发酵，称之为卤水。

豆腐品质优劣，在于对卤水的掌握。

如果卤水发酵程度高，而且用量大，做出的豆腐就老，口感粗硬；倘若卤水发酵较轻，做出的豆腐又太嫩，不易成形。

虽然徐海成粗手大脚，却是点豆腐的好手。

当然，最初他点出的豆腐也是时老时嫩，颇受顾客诟病和责难。一年多以后，他终于在失败中积累了丰富经验，用瓢舀起卤水看看气泡，闻闻味道，就可以判断出发酵程度，能够精准掌握用量。因而，他点出来的豆腐白净细腻，紧致嫩滑，在小二台乡一带渐有声名。

坝上地区卖豆腐与别处不同，别处论斤卖，这里论块儿。

豆腐做好之后，用尺标好，切块，然后浸入桶内的凉水中。一只水桶装一锅豆腐，出去售卖的时候，在自行车后座上横着绑两根胳膊粗细、一米长短的木棍，把装豆腐的水桶挂在上面。

绑两根木棍，一边各挂两桶。

骑自行车，方圆十里八村，沿街叫卖。平日里，一天能卖 4 锅豆腐。

徐海成制卖豆腐是在冬天，骑自行车走在路上，手脚被冻得由疼痛而麻木。有人买豆腐，下车后，双脚似乎不属于自己，站不稳，像喝醉酒一样，东倒西歪。

装豆腐的水桶结冰了，敲开冰，把手伸进冰水里捞豆腐。手的知觉已经错乱了，明明桶里的水冰冷刺骨，但手却感觉像伸进沸腾的油锅里一样，火烧火燎地刺疼。

徐海成脑筋活络，卖豆腐的方式也灵活，能用钱买，也可以拿黄豆、莜麦或亚麻对换。

一锅豆腐净赚约 3 元钱，另外还能赚一锅豆腐渣。

豆腐渣用来喂猪，浆水则是牛羊最喜爱的饮品。

徐海成的豆腐生意是滚动式发展，赚到一些钱之后，陆续买来猪和羊，产业不断发展壮大。

牲灵们都是财神爷、摇钱树、小银行。食用了豆制品，肉膘肥健，毛色油亮，煞是喜人。

到了年底，周边村子里的乡邻们拿来黄豆，请徐海成加工豆腐。一锅豆腐收取加工费 8 毛钱，每天能加工 10 锅。

做 10 锅豆腐，有多大的工作量呢？在此仅举一例，列位看官便可以有一个大致了解。

10 锅豆腐要用 20 担水，仅打水就要负重往返行走 40 里路，约用 4 个小时。还要磨黄豆、滤豆渣、煮豆浆、点豆腐等等。多累多忙，可想而知。

在通往梦想的道路上，徐海成夫妇把每一天的时间都研磨得精精细细，榨取出了最佳成效。可即便如此，他们仍然嫌时间不耐用、不够用。

由于劳动强度太大，一双鞋子穿不到一个月，鞋底儿就被磨透了。

14.徐海成和他的女儿们

1994 年秋天，徐海成花 3000 元钱，买了一台二手拖拉机，方便自己家使用的同时，也为乡邻们打工——耕一亩地 8 元，播种一亩 5 元。

莜麦和亚麻，像坝上人的脾性一样，坚韧顽强，吃苦耐寒，在这一望无垠的贫瘠荒滩上，倔强地生长了几千年。

虽然土豆是晚来的后生，但其很快融入角色，与原住民无异。

由于坝上地区无霜期短，夏季转瞬即逝，所以莜麦、亚麻和土豆总是匆匆忙忙，仓促生长、急急开花、草草结籽。

可是啊，毕竟这里的环境太酷烈了，土地太贫瘠了，而且又风疾日烈，因此无论庄稼们如何努力，收成却总是让人摇头叹息。

秋收农忙结束之后，徐海成夫妇便与另外六位邻居相约，去往150公里外的内蒙古商都县打工，帮当地菜农收获蔬菜。

徐海成把女儿寄养在奶奶家。他每天凌晨与妻子和邻居们乘坐租赁的“面包车”，去往商都县。收获蔬菜劳作一整天，天黑了才踏上返程，回到家往往已是深夜。

有一次，贩运蔬菜的卡车晚点，徐海成他们只好苦苦等待。当天夜里由于时间太晚，没有回家。

第二天夜里回来之后，饿了两天一夜的牛羊猪鸡们，像很久没有见到父母的孩童，又亲昵又委屈，颇有埋怨地一直喊饿，哞哞咩咩，叽叽喳喳，就把徐海成的妻子心疼得直掉泪。

日子黑黑白白，生活匆匆忙忙，徐海成与妻子日日辛苦打拼。

1997年10月，徐海成的二女儿徐亚茹出生了。

由于太忙，妻子早早给女儿断了奶。她无暇为孩子们梳头扎辫子，因此两个女儿，全被剪成了小子头，一直到读初中，才允许留长头发。

女儿们对此一直耿耿于怀，嫌妈妈不爱美。

也的确，妈妈向来朴朴素素，特别是农忙的时候，衣服上沾满了泥土和草叶。她的头发也蓬蓬乱乱，总是一副风风火火的模样。

徐亚茹小学一二年级在村里上学，到了三年级，寄宿在小二台乡希望小学读书，每两周回家一次。

虽然年龄还小，但买饭票、打饭、洗刷餐具全自己来。在城市里，同龄的女孩儿还躲在爷爷奶奶、爸爸妈妈的怀抱里撒娇，整天被打扮得像一个小公主，上学放学，由家长接送呢。

小亚茹的同学，有些家庭条件稍微好一点儿，家长来看望时，总会带一些水果和零食。而小亚茹的床头柜里却总是空空荡荡，除了一个大大的、简陋的饭盒，别无他物。她每周只有 5 元零花钱，且主要用作买文具。

母亲遇有空闲，便与邻居们结伴，来看望孩子们。其他家长都为自己的孩子带一些花花绿绿的小零食，亚茹的母亲呢，当然也不会空手，只是少得可怜，或是一包方便面，或是两包辣条，或是一根火腿肠，或是一个苹果。

亚茹和姐姐从小就乖巧懂事，理解父母的辛苦与不易。放假的时候，她们随父母到田里干农活儿，间苗、拔草、锄地，有模有样。

秋天到了，层林尽染，四野涂金。土豆收获了，爸爸开着拖拉机在田垄上犁过，便浮起一地金黄。

她和姐姐像采蘑菇的小姑娘，蹦蹦跳跳地把土豆一个一个捡拾起来。田地间，便飘荡起一阵阵欢声笑语。百灵鸟也来凑热闹，一声长鸣，直刺云霄。

爸爸说她们每个人可以顶半个工，省下的工钱，为她们买好吃食。到了晚饭的时候，就能吃到一顿肉菜。

15.会瓦

开春了，气温一天天升高，做好的豆腐一时卖不完，就容易变质发酸。因此，徐海成将豆腐坊停产歇业，再回水泥瓦厂打工。

中午下了工，他利用吃饭的时间，揣上几个馒头，跟随贩瓦的客户当装卸工。

妻子呢，则负责打理田地，喂养牲灵。

两个人整天忙碌奔波，虽然收益并不理想，但已是尽力而为。

看看村子里的邻居们和工友们，也都个个忙得像陀螺。

时代飞速发展，不努力追赶，只能被越甩越远。

要知道，此时城市里，早已经用上了彩电、冰箱、洗衣机。而徐海成们，根本不敢将这些高科技的家用电器，列入自己的梦想清单。

家家户户都想致富，但是贫困，却坚硬而顽固，难以摆脱。

徐海成跟随贩瓦的客户当装卸工，发现贩瓦利润可观，于是在当脱瓦工的同时，也开始尝试贩卖水泥瓦。

随着人们的经济条件好转，张家口市怀安县生产的红瓦渐渐走俏，徐海成便开始兼做贩卖红瓦的生意。

傍晚下工了，他到周边村庄打听有无建新房的人家，然后上前推销——业内称之为“会瓦”。

客户订货后，他便租车送货上门。

水泥瓦厂就在当地，运输方便。到怀安县运红瓦，需要租借卡车。每车运瓦5000余片，运费450元，徐海成能赚一两百元，最多的时候赚过500元。

贩瓦看似利润丰厚，但当时本地绝大多数百姓仍然生活贫困，建新房的人家不多，而且又不是每户建新房的人家都要用瓦，因此徐海成常常连续十天半个月没有生意。

他并不把贩瓦当作主业，只是顺手捎带，赚点儿外快。

夏天他在水泥瓦厂打工，冬天仍然制卖豆腐。

走村串巷卖豆腐的时候，他也会留意打听村里有无建新房的人家，用不用瓦。卖豆腐兼会瓦，一举两得，时常有意外收获。

徐海成一年贩瓦二三十车，赚五六千元。但好景不长，两年以后，质优价廉的山东红瓦运到了坝上地区，当地水泥瓦和怀安红瓦失去了市场，他的贩瓦生意就此中断。

种田仍然是徐海成一家的主要收入来源，但是，沙砾遍布的田地里，孱弱枯黄的莜麦和亚麻，收成可怜巴巴。土豆呢，已经种植了几百年，由于品种老化，加之缺肥少水，果实稀稀疏疏。

因此，虽然徐海成夫妇奋力打拼十余年，但赚到的钱除去花销，所剩无几。

徐海成时常暗暗诅咒，在这狗日的荒滩上，要靠种田发家致富，痴心妄想！

时代变迁细细碎碎，却又轰轰烈烈。他的大脑像一架灵巧的风车，不断根据风向，改变思维，调整方向。

扶贫档案（三）

1994年，中国著名的《国家八七扶贫攻坚计划（1994—2000年）》出台了。

开篇第一句，就是1992年邓小平视察南方时所言："社会主义要消灭贫穷。"

随着改革开放的深入，国内经济繁荣发展，贫困的坚冰，持续融化。

1993至2000年，中国农村贫困人口从8000万下降到3200万。年均下降速度，比改革开放初期高出3.6个百分点。

联合国2015年《千年发展目标报告》显示：中国极端贫困人口比例从1990年的61%，下降到2002年的30%以下，率先实现比例减半；2014年，又下降到4.2%。

中国对全球减贫的贡献率超过70%，成为世界上减贫人口最多的国家，也是率先完成联合国千年发展目标的国家。

对中国扶贫工作所取得的成就，国际社会给予高度评价："发展中国家消除贫困的典范"，"中国的奇迹"。

世界银行认为："中国反贫困工作在减少贫困方面，创造了令人难忘的纪录。中国政府为帮助最落后的农村地区所做出的努力，要比其他许多发展中国家所做的努力成功得多……"

第四章　出轨的汽车

车窗外是万丈深渊，“牙纪”努力地控制着自己的眼神，可仍然禁不住要向车窗外瞥一眼，随即赶紧闭上眼睛，嘴唇急促翕动，似乎是在请求神灵保佑。

他额头上的汗珠儿，像汽车挡风玻璃上的雨，簌簌滚落。

汽车战战兢兢地爬向坡顶，徐海成紧紧地握着方向盘。手心里的汗，把方向盘浸得溽湿黏滑。

即将行驶到坡顶的时候，对面突然蹿出一辆汽车。徐海成猛然一惊，本能地靠右让行，同时紧急刹车。

万幸，对面来车擦身而过。

徐海成颓然坐在座椅上，呆滞地看着迷迷茫茫的前路。

“牙纪”偷眼看看汽车后视镜，车的右后外侧轮胎已经悬空，再有毫厘之失，必然坠落悬崖，车毁人亡！

16.暴躁的轮胎

“嘭”,徐海成驾车刚刚驶入北京五环,突然一声闷响,车身猛然一颤。

下车检查,是汽车右后内侧的轮胎爆胎。

这是一台六轮双轴农用汽车,核载 2 吨,主要用于往来北京与张北两地,贩运水果和蔬菜。有时候,也为客户运送货物,赚取运费。

这一次,他从北京往张北运送防盗门。为了多赚一些钱,他装载 7 吨货物,超载率高达 350%。

2004 年春天,徐海成在亲朋好友的帮助下,凑足 3 万元,买了一台二手农用汽车,决心跑运输赚钱。

买车之前,父母苦口婆心地劝他,生在这贫穷的荒滩上,就该认命,如今好不容易吃上饱饭了,可不敢瞎折腾啊。

他偏不听。

坐在新买的汽车上,他顿时感觉,明天就要与梦想握手了。

徐海成把车开到安全地带,更换备胎。

行驶在高速公路上,最担心汽车出故障。前不着村,后不着店,如果找人前来维修,不仅价格昂贵,还会耽误很多时间。

有一次也是爆胎,而且连续爆了两次,而备胎仅有一个。他只好徒手滚动着那只破轮胎,沿高速公路边侧,步行 10 多公里,才找到服务区。

车上装着蔬菜,每分每秒都在蒸发水分,都在腐烂变质,都在

徐海成与他的农用汽车

增加损耗，心中的急迫，可想而知。

轮胎根据品质优劣，可分为多个等级。当时品质最好的是钢丝轮胎，每只 600 元左右；普通轮胎 400 元上下；二手轮胎或复新轮胎，仅需 200 元。

由于手中拮据，徐海成舍不得多花钱，每次更换轮胎，只是选择二手轮胎或复新轮胎，因而导致爆胎事故频繁发生。

好在这一次运送的是防盗门，不用担心其腐烂变质。徐海成一边更换备胎，一边暗自庆幸。

换好备胎，发动汽车，鸣笛出发。

可是，这一次超载实在太多，而且轮胎质量又差，因此刚刚驶出不足10公里，左后外侧轮胎又爆胎了。

正准备找安全地带停车，“嘭”的一声，右后外侧轮胎再次爆裂。随即，后轴仅剩的两只轮胎也先后爆裂。

北京五环路上，车辆川流不息。徐海成举目四望，远远近近高楼林立，市声喧闹。然而，这所有的一切，都被他焦急的情绪屏蔽了，只剩下恐慌与孤独。这恰似小时候迷失在广袤的荒滩上，满眼苍茫，满心绝望。

他颓然坐在路边，不停地抽烟，吞吐一腔愁雾。

17.糟心白菜

2004年中秋节之前，徐海成瞄准商机，决定到北京市大兴区贩运苹果来张北县批发售卖，一车至少能赚2000元。

为了多赚钱，去往大兴之前，他准备从本地装一车蔬菜，运往北京新发地农产品批发市场。

一位朋友告诉他，邻县的大葱2毛5分钱一斤。

徐海成知道，在新发地农产品批发市场，大葱批发价是8毛钱一斤，甚至能卖到1块钱。不用说，这是一笔好买卖。

可是，他随即又犹豫了。朋友所说的地方虽然蔬菜种植广泛，但当地有菜霸强买强卖，而且还要收取保护费。

算算利润，他还是动心了。他想，即便交上保护费，依然有丰厚的利润可图。

金钱的诱惑，总是让人欲罢不能。徐海成思考再三，毅然前往。

然而，到达现场之后他才知道，只是空欢喜一场。

这里的大葱虽然价格便宜，但质量低劣，葱白特别短，叶子格外多。这种大葱运到北京，根本无法以正常价格出手。

正在准备撤离之时，一个粗壮的年轻男人走过来，说他有一批白菜，价格便宜，希望共同发财。

徐海成见这人面熟，细细一想，不觉暗暗叫苦。他，正是此地的菜霸，之前曾几次向自己强收过保护费，张口就要100元。

徐海成说跑运输不容易，能不能便宜点儿？

这家伙上前踢了他一脚，说，你不容易，谁容易？我整天风里来雨里去地为你们操心，容易？

在外跑运输讨生活，偶尔会遇到泼皮无赖。这种人，纠缠不清。他们原本游手好闲，有足够的时间与你软磨硬泡。而做生意，时间就是金钱。遭遇这种情况，只能破财免灾，自认晦气。否则，争执起来，挨一顿揍，更不合算。

徐海成违心地挤出满脸笑容，为菜霸敬烟。

菜霸瞅瞅他的烟，鼻子里哼了一声，没接。

徐海成又把他拉到一旁，往他衣兜里塞了100块钱。

菜霸把钱掏出来，甩给徐海成，说，我看你实在，愿意和你一起发财。

徐海成见状，更是胆怯，猜不透这家伙葫芦里到底卖的是什么药。

无奈之下，他只好跟着菜霸来到白菜存放地。

上前查看白菜质量，不仅大小不均，而且还有一些患有烂心病。

再问价格，却和正常的优质白菜一样，都是每公斤 2 角。果真如此，拉到北京，肯定不赚钱。

菜霸见徐海成犹犹豫豫、吞吞吐吐，顿时发怒起来，你不想要跟着我来看什么看啊？耽误老子做生意。今天你必须把这些白菜拉走，否则休想离开这个地方！

中秋节临近，时间紧迫，徐海成耽误不起呀。

于是，他不得不违心地称重、装车、付款，将这一批白菜运往北京。

18.辛酸泪

在北京新发地农产品批发市场批售蔬菜，其实并不容易，各种不确定因素多多。市场行情瞬息变化，有时候买卖双方谈妥价钱，正在卸车，突然又运进几车同样的蔬菜，即便已经装到买方车上，也要降价。

当然，有时候市场需求量猛然增加，而供应量不济，蔬菜价格也会随之提高。遇到这种情况，徐海成自然喜出望外。

不过，喜出望外的时候毕竟很少。就像这车白菜，运到新发地农产品批发市场之后，一直没有成交，因为质量不高，价格太低，每公斤只能出售 3 角钱左右。如果这样，只是赚回油费，自己是白忙活一场。

市场内车辆进进出出，人员来来往往，碾轧踩踏着一地散散碎碎的时光。

徐海成越发心急了，在这里等待的每分每秒，都是在错失贩运苹果的商机。

于是，他横下心来，决定把白菜低价卖给咸菜厂。即便赔钱，也不能耽误贩运苹果。

事有凑巧，他正准备发动汽车去往咸菜厂，有一位买主走过来。验过菜，对方说可以整车全买，但价格必须优惠，每公斤 2 角 5 分。

双方谈定价钱，开车去过地磅。

一车白菜几千斤，由于水分蒸发等原因，自然会有一定的损耗，但正常在一两百斤上下。不想，称量之后，这车白菜竟然少了一千多斤。

徐海成当即明白，是买主与司磅员串通，在地磅上做了手脚。这种情况并不鲜见，只是从来不曾如此离谱。

他想争取自己的利益，但买主与司磅员态度强硬。拿不出确凿证据，证明人家作弊，只好默认。现在，他只想将这车白菜尽快出手。

绝对不能因小失大。他悄悄地劝慰自己。

按照买主要求，徐海成将这车白菜送到本市一家蔬菜零售市场。

可是，到达目的地之后，买主既不付款，也不允许卸车，只说等白菜卖完后再结算菜款。

真是岂有此理!

在白菜生产地,徐海成已经一再忍让。到如今,这买主竟然如此蛮不讲理,如果再忍气吞声,势必会影响自己的通盘计划。

中秋节,作为国人最重要的传统节日之一,家家户户都要走亲访友,而苹果,又是当地人的首选水果。所以,务必于中秋节前把苹果运回张北,否则,市场行情必定大大回落。

与买主交涉,可对方十分蛮横,一副要钱没有,要命一条的架势。

徐海成拥有一身蛮力气,打架不会吃亏。可是,毕竟他经历世事多多,生活的无奈已经将他身上的棱角磨平了。倘若按以往的脾性,他在白菜产地就可能要与那个菜霸打一架。果真如此,他可能就不用拉这车白菜,也可能永远都不再贩运蔬菜了。

人生真是奇妙呢,任何一个起心动念,都有可能带来截然不同的后果。

父母逐渐年迈,孩子嗷嗷待哺,老婆盼着回家。他不敢冲动,只能一忍再忍。这就是所谓的成熟吧。

无奈之下,徐海成选择了报警。

然而,由于种种原因,虽经民警调解,但问题并没有得到实质性解决。

事到如今,如何再听之任之?!

徐海成拿出一副要拼命的架势,催促对方抓紧时间付款卸车。

不想，对方纠集了一群小痞子，与徐海成打架。

虽然徐海成力大过人，但终究寡不敌众。而且，其中一个小痞子，猛然从腰间拔出一把尖刀，向徐海成直刺过来。

徐海成本能地后撤一步，刀尖距离他的腹部，仅余寸许。他不由得倒吸一口冷气，额头上顿时汗如豆出。

见势不妙，徐海成拔腿就跑，气喘吁吁地跑进附近的派出所报案。

三天后，终于结案。

但是此时，中秋节已经过去了，最佳商机早已错过。

贩运这车白菜，不仅耽误了贩运苹果的良机，而且亏损两千余元。

由于当时各方面的管理尚不完善，弱肉强食的情况多有发生。

还有一次，徐海成贩运了一车优质菜花，进价每斤 2 角，批售价 4 角。每斤去除 1 角的运费，还可净赚 1 角。

利润可观，欣然成交。

可是，卸完菜之后，对方却不结算货款。徐海成上前讨要，对方蛮不讲理，一言不合，就要拔刀子打架。

纠缠不过，最后徐海成只好忍气吞声，白扔了一车菜花。

虽然如今早已时过境迁，但回忆起来，他仍然满腹酸楚。

挣得幸福，哪有轻松可言，哪有捷径可寻呢？每一位成功者的背后，都有说不尽的辛酸与无奈。

19.牛贩子

看看贩运水果和蔬菜也难以赚钱，徐海成决定改行，做贩牛生意。

张北县有华北地区最大的牲畜交易中心。要说，贩卖牲畜，具有得天独厚的条件呢。

早在明末清初，张北县就是牲畜交易集散地。旧时北方的大牲畜交易多以骡马为主，因此这里被称为“张北马桥”。

张北马桥原址位于县城北定远门外东侧，占地20余亩。中华人民共和国成立之后，坝上地区以及内蒙古周边的牲畜交易，一直在此地进行。最繁华的时候，曾有66位“牙纪”（俗称“马牙子”）在此拴绳。

1983年，张北县政府根据市场需求，投资12万元，将马桥迁至县城东侧，占地50亩，改称张北牲畜交易中心。

1992年之后，张北牲畜交易中心发展迅速，先后与21个省市112个县（旗）的280多家客户建立联系，年交易时间之长，成交量之大，辐射面之广，实为华北地区之首，因而改称“华北牲畜交易中心”。

贩卖牲畜，绝非买进来、卖出去那么简单，一旦失手，亏损巨大。

徐海成不会相牛，因此就聘请了一位经验丰富的相牛先生，作为自己的私人“牙纪”。出去贩牛的时候，两人同去。

俗话说，“屎难吃，钱难挣。”牛贩子世界也是一个险恶江湖啊，哪里有轻易赚钱的生意？徐海成做了几笔牛马生意，赔赔赚赚，大失所望。

那年秋后，他开车和“牙纪”一起去内蒙古镶黄旗的草原上买牛。走到半路，一只轮胎突然爆胎。汽车猛然漂移，从路的右侧，一头扎进左侧的草地里。

还好是深夜，而且又是在地广人稀的草原，路上没有其他车辆和行人，否则后果不堪设想。

换上备胎继续前行，可刚驶出几十公里，汽车前大灯突然熄灭，发动机也随即熄火，茫茫草原顿时坠入无边的黑暗与死寂之中。

下车检查发动机，未见异常。反复查找，最终发现，原来是汽车的电瓶线搭在了排烟管上。绝缘胶皮被烫化后导致短路，进而引发连锁反应，马达被烧毁了……

由于这辆车经常出故障，徐海成也学会了一些应急的修理技术，可他折腾了半夜，汽车仍然纹丝不动。

野外荒原，苍茫辽阔，目之所及，不见灯火，只有天边的星星，兀自嬉戏，不停地眨着眼睛。

徐海成重重地叹一口气，星星们顿时黯然不动了。

夜，寒冷且漫长。

出门在外的每一个夜晚，无不煎熬。

贩卖牲畜，需要本钱厚厚，一头牛成本价几千元钱。因此，每次外出买牛,徐海成都要携带上万元现金。

当时当地的治安环境，难免让怀揣现金的外地客商战战兢兢。被抢劫,甚至被谋财害命的传言纷纷扰扰,令人真假莫辨。

徐海成与“牙纪”外出买牛的时候,夜里舍不得住旅店,便在汽车驾驶室里过夜。

身上揣着钱,担惊受怕。汽车驾驶室又狭窄逼仄,一个人躺在里边尚且弓腰弯背,挤睡两人,更是憋闷窒息,久久难以入眠。

徐海成倚靠在汽车轱辘上,望着黎明前的苍茫原野,吞烟吐雾。开车跑运输的艰辛,一幕幕涌上心头。

那一次,他独自一人开车行驶到官厅水库附近,由于汽车冷却水箱漏水,水温急剧升高,必须尽快加水。他立即在路边停车,到水库近前打水。不想,慌乱之中,失足跌入水库。水库堤岸陡峭,爬不上来。他不会游泳,只是本能地拼命挣扎,体力渐渐不支。此时恰好有人路过,用一根粗大的树枝,把他搭救上来。否则,性命不保。

更危险的,是那一次去崇礼县买牛。

崇礼县属于坝下地区,从张北县前往,要经过四道深谷。

山路起起伏伏,上上下下,颠颠簸簸。遇有上坡,视野严重受限,甚至直到近前,才能看见坡对面的路况。那天又下着大雨,眼前茫茫一片。

徐海成驾车行驶至四道沟的时候,道路更加狭窄,车轮外侧不足一米就是悬崖。道路湿滑难行,稍有不慎,车毁人亡。

“牙纪”坐在副驾驶位置,车窗外就是万丈深渊。他努力地控制着自己的眼神，不向窗外瞭望。可是，恰似胆小的人听鬼故事，越是害怕，越禁不住要听下去。

他不时地向车窗外瞥一眼，随即赶紧闭上眼睛，嘴唇急促翕动，似乎是在请求神灵保佑。额头上的汗珠儿，像汽车挡风玻璃上的雨，簌簌滚落。

汽车战战兢兢地爬向坡顶，徐海成紧紧地握着方向盘。手心里的汗，把方向盘浸得潺湿黏滑。

即将行驶到坡顶的时候，对面突然蹿出一辆汽车。徐海成猛然一惊，本能地靠右让行，同时紧急刹车。

万幸，对面来车擦身而过。

徐海成颓然坐在座椅上，呆滞地看着迷迷茫茫的前路。

“牙纪”偷眼看看汽车后视镜，车的右后外侧轮胎已经悬空。再有毫厘之失，必然坠落悬崖，车毁人亡。

他向徐海成哀求，回家吧，我要回家。

徐海成久久不动。几分钟后终于缓过神来，寻宽阔处掉头返程。

他恨恨地说：“不去了，咱不去了。别说去买牛，就算白给咱两头牛，咱也不去了！”

徐海成回想往事，不觉眼泪横流。

这一次汽车爆胎是在草原上，如果路上车多人稠呢，如果是在山路上呢？

的确，汽车行驶途中爆胎极其危险，因此引发车毁人亡的道路交通事故，并不鲜见。而徐海成，先后爆过 20 多次胎，所幸每一次都有惊无险。

这辆车曾屡次三番出现故障，徐海成为其换过4根传动轴，大修过发动机、磨过曲轴……

仅修车费用，累计3万余元。

为了省钱，他每次修车都只是将就了事。比如轮胎，他不舍得花600元钱更换品质优良的钢丝轮胎，而是换200元一个的二手轮胎或复新轮胎。两者安全性能与使用寿命，不可同日而语。

显然，换品质优良轮胎更划算，但由于一次性投入太多，徐海成只能望而却步。

也正是因此，使他陷入了难以自拔的怪圈——因为贫穷，维修汽车不舍得投资，车况不佳；因为贫穷，想多赚钱、赚快钱，于是多拉快跑；车况不佳又超速超载，从而导致故障频发；出现故障不仅耽误赚钱，还会增加维修成本，盈利水平必然降低，甚至亏损。由此形成恶性循环，以致更加贫穷。

而且，他没有机动车驾驶证。开始是雇用司机，后来因为费用太高，辞退了。汽车带着隐患上路，又是无证驾驶，时时担惊受怕。实在无奈，他才花费4800元，托人在外省买了一个驾驶证。

…………

20.梦断闪电河

贩牛也赚不到钱，徐海成终日痛苦。

朋友介绍说，张北县一家冷库，需要从沽源县闪电河蔬菜批发市场进购蔬菜，正在租用车辆运送。每天运送一趟，运费 350 元。

徐海成粗略计算，除去 200 元油费，仍然有 150 元的利润。而且，他只负责运输，省心省力，稳赚不赔。于是，便应允下来。

蔬菜质量检验、购买等业务，由冷库派专人负责。

跟随徐海成做质检和采购员的，是两名小姑娘，与他的大女儿年龄相仿。

蔬菜批发交易多在凌晨进行，因此徐海成他们必须在前一天夜里赶到批发市场。

舍不得租住宾馆，只能在车上过夜。

徐海成安排两名小姑娘睡在汽车驾驶室，自己则抱两床棉被，睡在车斗里。

坝上地区的秋天，已是寒冷，特别是夜里，气温更是降至零下十几摄氏度。

由于车门把手太凉，开门时手上的汗液会瞬间结冰，就像涂了强力胶水一样，“呲啦呲啦”粘手。

徐海成躺在车斗里，虽然头上戴着棉帽，身上盖着两床厚厚的棉被，但仍然冻得缩成一团。

每一次吸气，冰冷的空气进入鼻腔，鼻腔内的湿润就像瞬间结冰一样，发出“嚓嚓嚓”的细微声响。

寒冷像刀片，像钢针，像居心叵测的恶魔，肆意折磨着徐海成。虽然很累，却久久难以入睡，头脑昏昏沉沉。好不容易睡着，又总是梦到自己掉进了冰窟窿，猛然惊醒。

到了凌晨，跟车的小姑娘喊他发动汽车，去进购蔬菜。只见他棉帽两侧的护耳和前边的帽舌上，甚至眉毛上、棉被上，早已结满了一层厚厚的霜雪。

不会被冻死了吧？小姑娘们怕怕的。毕竟坝上地区人被冻死的故事广为流传，而且并不久远，有名有姓。

徐海成听到喊声，想折身爬起来，但浑身僵硬、疼痛，反复努力几次都没有成功。

妻子得知丈夫如此受罪，便劝他寻求别的营生。

可是，开车跑运输，哪会不吃苦呢？为冷库运送蔬菜虽然吃苦更多，但毕竟旱涝保收。

大女儿很快就要初中毕业了，能考取理想高中，将来才有希望考取大学，才能够走出农村，脱离这片苦瘠荒滩。

可是，女儿平时学习成绩一般，考取本县重点高中的希望十分渺茫。

徐海成清楚地知道，到哪所高中读书，会在很大程度上影响到孩子的人生走向。因此，他下定决心，如果女儿中考成绩不理想，即便花大价钱，也要托人送她进入重点高中读书。

寒风呼啸的旷野里，徐海成蜷缩在露天的车斗上，真想骂一句，去他妈的，老子不干了，然后开起车来回家。可是，自己此时所受的煎熬，事关女儿未来的命运啊！

2005 年 3 月的一天，他承运 6 吨菜花，赶回张北。

近来，由于汽车发动机润滑系统密封件损坏，机油频频渗入发动机燃烧室。这种现象，就是通常所说的“烧机油”。“烧机油”会造成发动机燃烧室积灰等不良影响，进而引发整个发动机系统损坏。虽然知道隐患严重，但为了省钱，也为了赚钱，徐海成就一直拖延时间，没有维修。

那天行驶途中，“烧机油”的状况猛然加重。由于润滑系统油压降低，供油量减少，发动机传动部件得不到应有的润滑效果，摩擦力大增，发动机温度急剧升高，随时都有可能发生“拉缸”“粘缸”，甚至“抱轴”等严重事故。

徐海成立即降低车速，缓慢前行。

他一边开车，一边拿出手机，打电话联系修车师傅。

由于注意力分散，汽车突然驶向路边的深沟。

虽然车速低，但因为严重超载，车身强大的惯性，导致刹车系统未起到应有的制动作用，所以连人带车，扎进水沟，撞破冰层，钻进了冰窟窿。

汽车彻底报废了，所幸冰层起到了一定的缓冲作用，徐海成只是皮肉受伤，并无生命危险。

徐海成没有购买车辆保险，所有损失完全由自己承担。

倾家荡产！

他高价购买的汽车驾驶证，也被吊销了。

扶贫档案(四)

2000 年，中国农村贫困人口已经下降到了 3200 万，而为什么到了 2011 年，贫困人口反而上升到了 1.28 亿人呢？

随着社会经济的不断发展，中国的贫困识别标准也不断上调，贫困人口随之增多。只有这样，才能使更多低收入人群得到帮扶。

中国在2008年之前，有两个扶贫标准：一是1986年制定的206元的绝对贫困标准；二是2000年制定的865元的低收入标准。

2008年，绝对贫困标准和低收入标准合一，统一使用1067元作为扶贫标准。

此后，随着消费价格指数等相关因素的变化，标准进一步上调至1196元。

2011年11月19日，中央扶贫开发工作会议宣布：按照2020年全面建成小康社会的目标要求，中央决定将农民人均年纯收入2300元作为新的国家扶贫标准。

在这一标准下，对应的扶贫对象规模约为1.28亿人，占农村户籍人口的13.4%……

第五章　多收了三五斗

徐海成带着对外部世界的认识和所感受的疼痛，再次回归农田。

此时，他已经不再是以往传统的农民了。他怀着聪明的，抑或狡黠的心思，由种植传统农作物，向种植经济作物探索。

但贫困，仍然像一道可恶的魔咒，阴魂不散！

虽然奋力挣扎，勠力打拼，却始终难以挣脱。恰似这片寒冷、苦瘠荒滩上干渴煎熬的种子，只能默默等待春天的到来……

21.命运的伏笔

从下煤窑打工开始，徐海成奋发努力，左冲右突打拼了二十多年，受尽磨难，苦水尝遍，却仍然以惨败告终。

交通事故刚刚处理完毕，大女儿的中考成绩公布，未能达到本县重点高中录取分数线。

徐海成托熟人打听，以女儿的中考成绩，要读重点高中，需要缴纳上万元。

家里一贫如洗。他只好试着向亲朋好友借钱。

朋友劝他说，现在大学毕业生都不分配工作了，读书还有什么用？一个女孩家，反正早晚要嫁人，不如随便读个高中，要不然干脆连高中也不读，直接外出打工赚钱。无论赚钱多少，总能减轻家庭负担。

的确，在贫困地区，这是一种普遍的教育观。

正是在这种观念的影响下，很多农村孩子早早辍学，外出打工，踩踏着父辈的脚印，走进了同一个轮回里。

年轻人外流，村中多是老年人留守。长此以往，农村发展必然乏力，更难挣脱贫困的枷锁！

著名教育家陶行知先生曾说："人民贫，非教育莫与富之；人民愚，非教育莫与智之……"

只有读书，才能为贫困地区的孩子开启健康成长、实现梦想的幸福之门！

只有读书，才是贫困地区孩子摆脱贫困的最体面的逆袭方式！

徐海成供女儿读书的决心十分坚定，但借不到钱，无法进入重点高中。

无奈之下，他只好劝女儿复读初三。

女儿特别懂事，理解父母用心良苦。可如果自己复读一年，必然会为他们增加许多负担。

她对父母说，再复读一年，也不一定就能考出好成绩，不如今年读普通高中。只要加倍努力，同样有希望考上大学。

徐海成闻言，心酸阵阵。他借故走到院子里，偷偷地抹眼泪。

女儿被当地一所普通高中学校录取了。

送女儿入校后，田地里的庄稼相继成熟，这可是徐海成全家唯一的指望了。

如果说莜麦是粮囤，亚麻无疑就是油罐子。

这一年，莜麦和亚麻的长势还不错，一家人的口粮和油料就有了保障。

土豆呢？则相当于小银行，卖钱供应花销，是全家人的倚重。

土豆收成好坏，直接决定着两个孩子衣服的新旧、零花钱的多少。

要说，土豆的收成也不错，估算一下产量，亩产 2500 多斤。只是个头大大小小，很不匀称。

卖土豆的时候，收购商把小土豆筛选出来，弃在一边。

这些卖不掉的小土豆，就是徐海成夫妇的主要口粮。

22.梦想是这样实现的

2005 年，秋收刚刚忙完，下了一场透雨。

秋雨不像夏天的雨猛烈而急速，噼里啪啦一阵子，云开雾散，雨过天晴。秋天的雨总是慢条斯理，不急不躁，如泣如诉。

徐海成家房顶的水泥瓦已经使用多年，严重风化。夏天雨大流急，还来不及渗漏，便雨过流歇。可遇有秋雨，渗漏多多，外面雨停，屋里仍然滴滴答答。

一天下午，“轰隆”一声，徐海成家的烟囱整个坠落到屋里的土炕上，把炕面也砸塌了。

下雨后烟囱浸水，重量大增，而房瓦又年深日久，已是风烛残年，加之房顶漏雨疏松，无力支撑烟囱的重量，因而导致垮塌坠落。

所幸事情发生在白天，家里没有人。否则，人睡在炕上，必然被烟囱砸中，非死即伤。

房顶塌了一个大窟窿，而房子的南墙与西墙剥蚀严重，无论技艺多么高超的泥瓦匠，也已无力回天。因此，只能翻建新房。

可是，节令已近深秋，霜期随之而来，基建工程陆续停工。

徐海成只好买来一块塑料布，搭在房顶的窟窿上。

房子摇摇欲坠，夫妻俩提心吊胆，苦苦煎熬。

冬季寒冷而漫长，夜里躺在新修复的土炕上，徐海成看着房顶的破洞，顿时升起一腔愁绪。房子必须翻建，可家里总共还有158元钱。

建房子要买砖买瓦买水泥，买门买窗买木料，需要投资多多。没有钱，只能赊欠。所有的建材全部赊欠，能不能赊来？欠下那么多外债，拿什么还人家？什么时候能还人家？

一个个沉重问号，压在徐海成的心头，愁肠百结。

经过反复思考，他最终决定，房子不能完全推倒重建，只是在原来的基础上翻修。

南墙与西墙必须拆除，但东墙与北墙相对完好，需要保留。在土坯墙外挂一层砖，看上去与真正的砖墙一样。

这样一来，能省下很多建材，减少大半工程量。

经过仔细计算，旧房翻新大约需要6000块砖。

买砖的时候，徐海成颇费周折。

张家口桥西区一家砖瓦厂生产的砖质量上乘，但价格也贵，1毛5分钱一块。问罢价格，他只能摇头叹气。

本地砖瓦厂生产的砖质量一般，但价格便宜，1毛钱一块。徐海成有意购买，可还是嫌贵了一些。四处打听，最终得知万全县有一家砖瓦厂生产的砖仅卖9分钱一块。当然，朋友也实言相告，这种砖质量不佳。

思前想后，徐海成还是选择了万全县。

为了省钱，他宁愿舍近求远，而且不考虑质量。究竟能省多少钱呢？

与本地砖相比，总计仅省60元！

贫困，有时候的确像一个旋涡，往往让人难以自拔。虽然他买砖省下了60元钱，但也因此埋下了大隐患。

砖买回来了，徐海成又开始准备木料。

他来到旧货市场，花费320元，买来一车旧木料。这样，檩条和椽子就齐全了。

还有房瓦呢。正在发愁之际，邻居告诉他说，张北县城一家酒店正准备拆建，拆下来的旧瓦价格应该比较便宜。

徐海成当即赶往县城，结果让他大喜过望。

酒店正在搬家，由于工期紧迫，必须在一周之内搬完。酒店老板许诺说，如果帮忙搬家，到时候可以送给他一些旧瓦。

徐海成赶紧回家，开来拖拉机，为酒店搬家。

为了赶工期，他昼夜不停，楼上楼下，一趟趟搬运。实在累得受不了，便找一个角落，躺在地上睡一会儿。

接连干了四天四夜，终于搬完。酒店答应，等旧楼拆除后，送给他 1600 片旧瓦，和一些脊瓦。

如果买新瓦，1600 片需要几百元，再加上脊瓦呢，花钱更多。

徐海成拖着疲惫的身体，高兴而归。

建房用的水泥、沙子、荆笆和地板砖，共计 8000 余元。徐海成来到小二台乡一家建材门市，好话说尽，又找来熟人担保，并签字画押，承诺秋后全款还清，这才达成协议，同意赊欠。

当前最时兴的是塑钢门窗，如果买过时的二手货，有失颜面。

正巧，徐海成的连襟，经营着一家塑钢门窗厂，答应为他做一套最新潮的门窗，只收 5000 元成本费，而且允许等他条件宽裕时再付货款。

徐海成四处求告，终于准备齐全了所有建筑材料。

开春后，忙完春播，便开始着手旧房翻新工程。

如果请专业的施工队，又是一笔不小的开销。因此，徐海成请村里的邻居们前来帮忙。

当年夏天，在亲朋好友和邻居们的帮助下，徐海成家的旧房翻新工程终于完工。

这栋新房子从外观上看去，谁都看不出，其实东墙与北墙只是“金玉其外，败絮其中”。

可即便如此，对于坝上地区的贫困人家来说，也实属难能可贵了。绝大多数人家，居住的依然是夏天漏雨、冬天透风的土坯房。

徐海成建造新房的梦想终于实现了，只是万万没有想到，竟然是以如此痛苦的方式。

23.透明的白萝卜

翻修房子欠下的巨额债务，徐海成许诺秋后归还。

手中空空，拿什么还呢？

外出打工，仅仅几个月的时间，显然赚不到这么多钱。

要说，他买农用汽车跑运输，虽然落得个倾家荡产，但整天走南闯北，也增长了很多见识。

眼界开阔了，思想活泛了，他再次从农田中看到了新的机遇。于是，他决心靠科学种田，发家致富。

坝上高原，烈日狂风，贫瘠荒滩，自古以来，为蔬菜禁区。直到 20 世纪 90 年代初，河北省农业大学的专家才在这里建站试种蔬菜。历经十数载苦苦探索，终于获得成功。徐海成 35 岁那年，第一次吃到了家乡出产的白菜和萝卜……

徐海成家有 24 亩责任田。当年，他又租种 80 多亩，种植白萝卜、土豆和甜菜。

妻子眼睛近视，白萝卜的种子很小，播种时常看不清种子。特别是间苗的时候，原本要去小留大，她却往往拔掉了壮苗，留下的苗反而细细弱弱，这样必然影响萝卜的产量和品质。

徐海成决心为妻子配一副近视眼镜。可是，妻子觉得自己仅仅读到小学二年级，却像大学生一样戴眼镜，岂不被人笑话，因此极力劝阻丈夫。

可不戴眼镜又不能干活儿，白白浪费一个劳动力。

农忙时节雇人帮忙，费用高高。

徐海成再三劝说，她才勉强同意，说配眼镜也可以，但只在干农活儿的时候佩戴。

随后，徐海成花费 200 多元钱，为她配了一副 700 度的近视眼镜。

戴上眼镜，眼前的世界顿时清晰起来，她终于清清楚楚地看到了眼前这个与自己同甘共苦、相依为命近二十年的男人！

不同品种的萝卜对气温、光照和土质要求各异。

徐海成仔细选择最适合坝上环境的萝卜品种，而且对萝卜播种、苗期管理、定植要求、成长期水肥施用等等，也进行了认真系统的学习。

这一年，他种植的萝卜品种是“汉白玉”，长势喜人。到了收获季节，行情也很可观——收购价是 3 毛钱一斤。

那天傍晚，徐海成得到消息，说第二天是外地客商在小二台乡收购萝卜的最后一天。于是,他与妻子连夜来到大田里,抢收最后一批萝卜。

5 亩大萝卜,总产量至少 5 万斤,能卖 15000 多元呢。

徐海成与妻子开玩笑说,以前真是捧着聚宝盆讨饭。早知道种菜能赚钱,又何必拼死累活地去跑运输呢?

夫妻俩一边干活儿一边算账,越算越欢喜,越算干劲儿越足。凌晨时分,5 亩萝卜竟然快拔完了。

萝卜出售之前,必须洗净泥土。

妻子负责清洗,徐海成装袋装车。

坝上深秋时节已是寒冷异常,小河里结冰了。妻子把冰砸开,在冰水里洗萝卜。

水冰冷刺骨,不大一会儿,手就被冻得麻木了,手指不能伸缩。她把手伸进衣服里,放在腹部暖一暖。等有了知觉,再洗。如此反反复复,冰得胃疼痛难忍。

虽然双手冰冷,可她的内心里却有一团火热。洗出来的萝卜白净光洁、晶莹剔透,真像汉白玉呢。可不是吗,那就是玉,就是钱啊!

装满一车了,徐海成兴冲冲地运往小二台收购点。

路上他暗自盘算着,这车萝卜有 4000 多斤,能卖 1200 多块钱……

然而,到了收购点,他火热的内心,顿时冰凉。

由于天冷,萝卜结冰了,冻成了废品,冻成了垃圾。

收购商拒收,只能白白扔掉!

徐海成像梦游一样，迷迷糊糊地开着拖拉机，回到田里。

妻子得知消息，颓然坐在河边的泥水中，双手捂着脸，久久不语……

24.亲亲土豆

虽然徐海成从小吃土豆长大，但对土豆的了解，却寥寥无几。

那次去种子站买种薯的时候，随手翻阅一本有关土豆种植的科普书。直到此时，他才对土豆的身世有了比较全面、深刻的认识。

土豆，又名洋芋，俗称山药蛋，原产于南美洲安第斯山脉的秘鲁和智利一带。在距今大约七千年前，一支印第安部落由东部迁徙到高寒的安第斯山区，是他们，最早发现并食用了野生土豆，并将其栽培驯化成了主要农作物。17 世纪时，土豆已经成为欧洲的重要粮食作物，并且已经传播到中国。

由于土豆非常适合在原来粮食产量极低，只能生长莜麦（裸燕麦）的高寒地区生长，所以很快在内蒙古、河北、山西、陕西北部普及。

几百年来，土豆、玉米和番薯等从美洲传入的高产作物，已经成为中国贫苦阶层的主要食物。有人打趣说，婴儿认识世界，第一个是母亲的乳房，第二个便是土豆。

坝上荒滩栽种土豆，正常年份亩产 2000 多斤，拳头大小。旱年呢，只有三五百斤，大的像鹌鹑蛋，小的像羊粪球儿。

土豆，是坝上人饱腹的最大希望，却往往又变成唉声叹气的最大无奈。

徐海成小时候，曾经幻想栽种出年年丰产的土豆，每顿饭都能煮上一锅，论饱吃。可是，他的幻想，一直都只是幻想。

自古以来，坝上人种植土豆，向来是自留薯种。品种原本不佳，又经过反复重茬种植，因而退化严重，不仅产量低，而且品质差。

如今，科技进步了，新的土豆品种不断被培育出来，有乌花、白花、大西洋、虎头、紫皮、里外黄等等。

徐海成决心根据当地气候和土质特点，精心选种，科学种植。

5月初，徐海成与妻子仔细地施肥、耕地、扶田垄。

田地准备好了，便从窖中取出种薯，放在温暖处催芽。几天后，薯芽萌动，用刀将薯块切开，每块各带一个牙眼，像闭着的婴儿的眼睛。草木灰搅拌，晾干后即可播种。

入土一个月，土豆发芽，叶呈卵圆形，类似荆棘。

“六一”过后，太阳渐热，地温渐高。株苗像儿童发育一样，迅速长至少年，三四十厘米高。

7月中旬，开花了，一簇簇，像喇叭筒，或紫或白，烂烂漫漫。但这些花啊，只是绽放美丽，却与果实无关。每一朵花凋谢之后，蒂结成一枚青胎，似珊瑚球，又像青樱桃，要及时掐掉。

8月，雨水集中，正是土豆长身体的时候。土豆娃子们在地下日日夜夜地歌唱着，膨胀着。只需一个多月，俱已成年。

一夜秋风，遍地金黄。犁开黄色的土地，全部是金黄色的土豆。这些粗粗糙糙的东西，在坝上人心目中不啻是一块块足赤的黄金呢。于是，他们的心中便填满金黄色的满足了。

土豆，像木讷的兄弟或父亲，憨厚，饱满，有力气，无怨言，朴实无华，默默而大，养活着人类。

哦，土豆，真是一个伟大的种族啊。

徐海成看着满地金黄，暗暗庆幸自己寻到了发家致富的好门路。

可是，到了出售土豆的时候，收购商却将价格一再压低。除去本钱，所剩无几。

如果不抓紧出手，只能眼睁睁地看着土豆烂掉，更是血本无归。

算了算了，卖掉吧。

25.苦涩的甜菜

甜菜收获后，徐海成开着拖拉机，送往三十里外的焦糖厂。

当地的甜菜种植户很多。每到收获季节，焦糖厂外，交甜菜的大小车辆就排起了长龙。交一车甜菜，往往要等上一整天。

初冬寒风凛冽，实在冻得受不了，徐海成便蹲缩在车轱辘旁，避风。

最痛苦的，是返程路上。

一车甜菜几千斤，他一个人卸完，浑身是汗，内衣都被浸湿了。

开上拖拉机回家，厚厚的棉衣在寒风的疯狂撕扯下，渐渐觉得单薄起来。湿漉漉的内衣硬邦邦的，贴在身上，冰凉。

一个多小时的路程，回到家，已是浑身僵硬。自己下不了车，想喊妻子帮忙，但嘴唇颤颤抖抖，说不出话。

连续交甜菜一个多月，天天如此。可算算收入，却让人垂头丧气……

土豆和甜菜卖完了，徐海成留出两个孩子新学期的学费。其余的钱，全部拿去还债。可即便如此，建房欠下的建材款，也仅仅归还了一小部分。

是啊，虽然种植经济作物看似赚钱，但市场行情风起云涌，种植户不过是一叶扁舟，任何风吹草动，都有可能带来翻船之灾。

白萝卜卖到2毛钱一斤，基本上能够保证收支平衡。但有时候行情低迷，售价仅几分钱，连买种子和化肥的费用都赚不回来。

而且，萝卜收获的时候还要雇工帮忙，所产生的费用，往往比萝卜卖出去的所得还高。因此，种植户们为了减少损失，情愿让萝卜烂在地里，也不愿拔出来卖掉。

这样一来，萝卜虽然丰产，但流通到市场上的却不多，所以城内市场上的零售价依然居高不下。

徐海成觉得，似乎有一只无形的大手，在操纵着市场行情。

身单力薄的种植户们抵御风寒、承受风险的能力薄弱，因而只能随波逐流。

的确，他们单打独斗，直面市场，恰似置身战场最前沿的散兵游勇，面对的是刺刀，是枪炮，一旦开火，非死即伤。

不仅白萝卜，西兰花、白菜或甘蓝菜，售价同样随着市场行情起起伏伏。

看看蔬菜长势喜人，可种植户们却仍旧愁眉不展。上前问问原因，竟然是担心丰收会导致行情不佳，卖不上价钱。

可是，既然种了菜，又不敢不仔细侍弄。因为蔬菜品质不佳，没有人前来收购，同样赔个精光。

邻村的种植户种了很多西兰花和甘蓝菜，到了收获季节，价格低廉。

如果这些蔬菜送到城市居民面前，摇身一变就是既营养又健康的美味佳肴。可是，菜地通往餐桌的道路因种种原因阻断了。

到不了餐桌，这些蔬菜就只能是让种植户们唉声叹气、欲哭无泪的累赘和负担！

种植户为了减少损失，不敢雇工收获，只好任其腐烂在田地里。

一望无垠的西兰花和甘蓝菜地里，就时常看到有人放羊。上好的蔬菜，羊儿们敞开肚皮，日日饱餐。

在市场左右下，不论收成丰歉，吃亏的总是农民。

徐海成最初看到萝卜丰收时的兴奋与喜悦完全退去了。他真正感受到了市场大潮的凶猛与无情。想要放弃种植蔬菜，但他能够从事的行业，基本上都已经尝试过了。

供两个孩子读书，花费多多，而且还欠有那么多外债，什么时候才能还清啊？种植经济作物碰巧赶上好行情，总比传统作物收入高一些。

而且，他了解到，种植种薯，收益率较高。特别是微型薯，遇上好行情，还能够发家致富。

微型薯，是第一代种薯，被戏称为商品土豆的爷爷。微型薯再次种植，收获的是第二代种薯。第二代种薯的儿子，便是我们日常食用的商品土豆。

可是，种植微型薯需要建大棚，投资甚大，而且管理复杂，没有技术人员现场指导，难以掌握。加之市场行情起起伏伏，风险多多，徐海成不敢贸然尝试，只能唏嘘感叹。

二代种薯是大田种植，管理相对简单，收益率也远远高于商品土豆。

于是，徐海成开始试种二代种薯。

他像一个颇有心机的彩民，不停地猜测着下一期的中奖号码。他的眼睛，像扫描的雷达，时刻不停地注视着市场的风吹草动。

市场是一个脾气怪诞的家伙，哪是他一个小小老百姓能够轻易猜透的？

因此，徐海成仍然只是随波逐流。

所谓研究市场，不过是自我安慰而已。

扶贫档案(五)

2011 年年底，国家颁布了 2011 至 2020 年的《中国农村扶贫开发纲要》,明确提出了贫困群众“两不愁、三保障”的脱贫攻坚目标。

“两不愁、三保障”的具体内容:稳定实现扶贫对象不愁吃、不愁穿,保障其义务教育、基本医疗和住房。

河北省共有扶贫开发工作重点县62个。其中，列入国家燕山—太行山集中连片特困地区县22个，片区外国定重点县23个,省定重点县17个。全省共有贫困村7366个,贫困人口485.5万。

张家口全市19个县(区)中,有12个国定和省定贫困县(区),是河北省脱贫攻坚的主战场和全省深度贫困县最集中的地区。

2013年年底,河北省政府批复《河北省燕山—太行山片区区域发展与扶贫攻坚规划(2011—2015年)》。

第六章　仰望春天

虽然徐海成的目光比较敏锐，开始种植经济作物，试种二代种薯，但只是单枪匹马，小打小闹。

由于销售渠道不畅，收益并不理想。

当然，所有的努力都不会白费。虽然没有获得满意的成果，但他已经积累了丰富的经验。恰似冬天里的一枚种子、一株小树，积蓄了饱满的能量，一俟春天到来，必定萌芽破土，或伸枝展叶……

26.女儿的大学

2008年夏天，徐海成的大女儿参加高考。

在县乡普通高中读书，学校的基础设施、师资力量，以及学生的视野、学识、“三观”等等诸多因素，都会不同程度地影响到学习成绩，因而考取大学，并非易事，而考取重点名校者，更是凤毛麟角。

徐海成的大女儿学习刻苦，学习成绩在班里名列前茅，但与全县、全市的优秀学生竞争，便明显不足了。而高考，是全省、全国性的实力大比拼。

高考成绩公布，虽然她发挥出了应有水平，但仍然未达到“二本”录取分数线。最终，被青岛一所“三本”院校录取，每年学费3万余元。

就在女儿高考成绩公布前后，徐海成家房屋后墙外挂的砖皮，由于砖的质量不佳，下雨后开裂，轰然倒塌。

幸亏当时屋后的小路上没有行人通过，否则被墙砖砸中，后果不堪设想。

砖皮倒塌后裸露出了里边的土坯墙，像潦倒又好面子的穷汉，唯一体面的裤子被意外撕裂，露出了破旧的内裤，让人颜面尽失。

可是，重新买砖修复砖皮，需要上千元。

女儿开学在即，学费还没有着落，哪有精力修补砖皮呢？只能等以后再做打算。

唉，但凡手中稍微宽裕，当初也不至于为了省下60元钱，舍近求远地购买质量如此低劣的砖呀。

但事已至此，后悔莫及。

近年来，徐海成种植蔬菜虽然赚了一些钱，但多数拿去还了外债，剩下的钱远不足为女儿缴纳学费。

见他愁眉不展，朋友上前劝告，何苦非得让孩子上大学呢？大学四年，仅学费就要 12 万元。如果外出打工，每年至少能赚 2 万元，四年下来就是 8 万元，这里外就是 20 万啊！

朋友伸出两根沾满泥土的手指头，在徐海成眼前晃了晃。

你不想想，多少年才能赚 20 万呀？一个女孩家，早晚是别人家的人，何苦呢？

朋友还说，以前考上大学就算抱定了铁饭碗，国家分配工作，吃商品粮。可如今呢，大学生想找一份工作糊口都难！

的确如此。难怪有人说，大学毕业，社会失业。

特别是来自贫困地区的学生，处境更是尴尬。

十年寒窗，历尽艰辛地通过高考这座独木小桥，挣脱了农村。可是，大学毕业后，揣着一纸早已贬值的大学文凭，找工作高不成低不就，回乡创业又觉得有失颜面，而且没有前途，因此有家难回。

由于种种原因，接受教育的成本越来越高，而教育的预期收益率却越来越低，教育的投入与回报有些失衡。因此，在不少人的心目中，读书求学已经变成了得不偿失的“亏本买卖”，从而导致教育无用论沉渣泛起。

教育无用论，再加上贫困地区教育设施的缺乏和师资力量不足，致使这些地方的人们接受教育的水平普遍较低。

贫困地区的百姓之所以长期贫困，其根本原因，就在于文化程度低，缺乏脱贫致富的本领。而且，两者又互为因果，形成恶性循环，愈演愈烈。

诺贝尔经济学奖获得者阿马蒂亚·森说:“教育的缺失是能力剥夺的贫困,是比收入贫困更深层的贫困,它会引发贫困的代际传递!”

这正是教育的意义之一,只是很多人,把教育单纯地看作找一份工作的途径。当这一理想难以实现时,教育似乎就没了意义,因此人们对教育开始产生怀疑。长此以往,必然会陷入“因愚致贫”“因贫致愚”的怪圈。

教育,维系着一个国家和民族的未来。

教育的缺失,无疑会导致一个国家和民族陷入水深火热的灾难!

徐海成听到朋友的劝阻,只是憨厚地笑笑,不置可否。

虽然他对教育没有高深的理解和认识,却自有坚定目标,就是通过读大学,让女儿走出农村,脱离这片苦瘠荒滩,不再吃他所吃过的苦!

家里养有5头牛和20多只羊,徐海成卖掉了1头牛和6只羊,又向亲戚借贷一些,勉强凑够了女儿当年的学费。

27.海成看海

女儿就要开学了。

第一次出远门,而且又是去青岛这样遥远的大城市。徐海成与妻子不放心,最后反复商量决定,由他护送女儿前往青岛。

从张家口到青岛,近900公里,每天只有一趟火车,18点29

分由张家口火车南站出发，次日上午10点8分到达青岛站，近16个小时。

徐海成带女儿来到火车站，问问票价，硬座票每位203元。他买了一张硬座票，又花1元钱买了一张站台票。

怎么，坐火车去青岛，却买站台票，难道是想逃票？

当然不是，他打算到火车上等乘客满员之后，买一张无座票。无座票，总要比座票便宜一些吧。

上车以后，他马上补购了一张无座票，只是到此时才明白，无座票与座票价格相同。

徐海成后悔不迭，不停地挠头。头发被汗水打湿了，加之他不停地挠，更是蓬乱无比，恰似他此时乱糟糟的心情。

他让女儿坐座椅，自己则坐在行李上。

女儿不忍心，要把座椅让给爸爸。他苦笑一下说，爸爸什么苦没有吃过，这点儿事不过是小菜菜。能有地方坐一会儿，已经很理想了。

可他付了座票的钱，却买了无座的票，而且买站台票还多花了1元钱，实在冤枉。于是便一直耿耿于怀，愤愤不平。

他坐在行李上，无倚无靠。夜深了，实在困倦，便爬进别人的座椅底下，躺一会儿。

这样一来，他心里反而满足了。花了座票的钱，却享受到了“卧铺”的待遇。嘿嘿，老子也不亏。

女儿高中时期有一位女同学，两人很要好，学习时互帮互助，放学后形影不离，连高考成绩也不相上下。填报高考志愿的时候，她们相约选择了青岛这所学校，双双被顺利录取。

这位同学来自张家口市宣化县，父亲经营着一家煤矿，家庭条件富足。

此次去青岛，同学的父母一并护送。

徐海成的妻子当然也想同行，但为了省下一笔开销，只是在村头洒泪送别……

到达青岛之后，由于第二天上午才去学校报到，因此当天需要自行安排食宿。

同学和父母住进了宾馆。徐海成应同学父母邀请，安排女儿带着交学费用的现金，与同学到宾馆住宿。

徐海成自己呢，则在公园的长椅上，过了一夜。

他躺在长椅上，仰望夜空。夜空像被仔细地擦洗过的镜子，干干净净。

这里的夜空好熟悉、好亲切啊，如果在睡梦中忽然醒来，肯定会误以为是躺在家乡的草滩上。而且，这里海风阵阵，夏天的气温也与家乡相似。只是这里的海风湿咸，让人感觉身上有些黏腻，不像坝上的风那样干爽。

还有，这里的蚊子也多，叮得他睡不着觉，反反复复地坐起来抽烟。

虽然如此，徐海成还是很满意。青岛是一座沿海城市，风景如画，女儿在这里上大学，也真是有福气。将来若是能够留在这里工作，就更是谢天谢地了。

只要孩子们能够走出农村，脱离那片荒滩，即便做父母的吃再多的苦，受再多的罪，也值了。

远处灯塔上的导航灯明明灭灭，海上不时传来轮船悠长的汽笛声，岸边涛声细细碎碎，像呢喃，像吟唱，像私语。

大海奏响的奇妙乐章，已把徐海成撩拨得笑意绵绵……

28.日子苦咸

徐海成从青岛送女儿回来，由于几天没有洗澡，没有换洗衣服，身上有一股浓重的汗腥味儿。

妻子一边打听女儿去青岛后的状况，一边为丈夫拿出干净衣服，让他洗澡。

徐海成常常感叹科技的发展和工业生产水平的提高，集市上各种生活用品应有尽有。2008 年初夏，他花了 10 块钱，买了一套太阳能洗浴设备：一个晒水用的黑色塑胶袋、一根塑料管和一个塑料喷头。

从井里打上水来，拎着水桶登梯子爬上房顶，用漏斗把水倒进晒水袋里。晒一天，到傍晚就可以洗热水澡了，而且是与城市里一样的淋浴，洗得人浑身舒舒服服，一天的劳累与疲惫，全被冲进了排水沟。

以前家里可没有如此高级的洗浴设施。夏天从农田里干活儿回来，总是灰头土脸。特别是给庄稼喷施农药的时候，浑身药味刺鼻。而且，沾染在皮肤上的农药会对人体造成伤害，回家后必须尽快洗澡。没有洗浴设施，只能打一盆凉水，擦洗身子。

到了冬天，更是几个月也不洗澡。家里太冷，屋子里都结冰，不能洗。可要是去乡镇上的澡堂洗澡，洗一次要花 1 块 5 毛钱，可以买一袋食盐了。

平日里炒菜少，一袋食盐能吃一冬天。只是为了洗洗澡，一冬天的盐钱就没有了，谁舍得？反正徐海成夫妇舍不得。

不过现在好多了，至少夏天能够在家里痛痛快快地洗热水澡了。

直到 2006 年夏天，徐海成才在自家的院子里，开掘了一口 3.5 米深的土井。

土井渗出的是浅层水，含碱量大，捧起来尝尝，苦咸。但这，也是一家人和牲灵们的生命源泉呢。

自从有了这口土井，徐海成就不用再跑一里多路，到村南的大井里打水了。

这口小土井，让徐海成颇费心思，一连挖掘多天，才渗出水来。他用捡来的碎石头，把井壁仔细地砌起来。

井壁砌好了，他又在上面搭了一块水泥板，以免井里落入杂物。随后，他又花 15 块 3 毛钱，买了 3.6 米长的塑料管和一个压水井井头。

在作井盖的水泥板上用砖砌起一个底座，底座上安装压水井井头，井头下连接塑料管，塑料管的另一端，正好垂到井水中，而且与井底之间留有 10 厘米左右的距离，以防抽水的时候，抽到井底沉淀的泥渣。

为了省钱，徐海成对水井的深度，以及井口水泥盖板的厚度和盖板上井头底座的高度，都分别进行了精确测量和计算，因此买回来的塑料管不多不少，可丁可卯，没有花一分冤枉钱。

在此次采访过程中，笔者发现徐海成对以往的很多事情，都只是留有大概记忆，甚至记不清自己哪一年结婚和女儿们的生日，但对多年以前买什么东西花了多少钱，分分毛毛都记得清清楚楚。

说起来，真是令人惊讶和不解。

其实，正是因为贫穷，使他对钱的记忆刻骨铭心！

2012 年，村子里终于装上了自来水管。但由于需要缴纳水费，所以自来水使用十分节省，只是用来做饭和饮用。饮牲灵或洗衣服、刷锅洗碗，仍然用自家小土井里的苦咸水。

牲灵们整天喝苦水，苦着脸，与主人一起煎熬着苦咸的日子。

29.病妻

徐海成的大女儿四年大学读完，家里养的 5 头牛和 20 多只羊，陆陆续续地卖光了。

每年卖一头牛和几只羊，再加上田里的微薄收成，还是不够女儿的学费，他便向亲朋好友借贷一些。因此，女儿大学毕业的时候，家里欠下了两万多元的外债。

好在女儿留在青岛工作了，所有的辛劳都没有白费。

多年来徐海成种植白萝卜、二代种薯、商品土豆和甜菜，虽然科学种植，精心管理，连年丰产，但多数时候却不能有丰厚的回报。

市场行情时好时坏，赔赔赚赚，极不稳定。这反而激发了徐海成的热情，他固执地相信，总会遇上好行情，大赚一笔。

然而，好行情恰似三冬时节的小阳春，只是偶尔暂至，并非春天真的来临，所以不能持久。可徐海成像一名彩民，虽然仅中过两三次小奖，但仍然免不了要摩拳擦掌一番，为自己加油再加油，鼓劲儿再鼓劲儿。可无论他如何计算与算计，每一期的大奖，始终都是别人的事。

而他原本就悲剧色彩浓郁的人生故事，越发显得伤感与悲情。

种田太多了，夫妻俩整天起早贪黑，风餐露宿。

平日里，每天只吃两顿饭，到了农忙时节，才吃三顿。

凌晨早早起床，肠胃还在睡梦中，便被生吞活剥地塞满了温温凉凉的食物。

中午呢，实在饿极了，就把早晨从家里带来的莜面窝窝，用暖瓶里半热不凉的开水泡一泡，权作午餐。

农田里劳动强度大，身体透支多多，常常饥饿难耐，因此虽然午饭只是将就，但仍然要猛猛地吃一个饱，否则等不到天黑，肚子又瘪了。

傍晚天黑下来，不能干活儿了，他们才收拾农具回家。

辛苦劳作一整天，晚餐必然成了三餐中的重头戏。炖土豆、蒸莜面窝窝，美美地吃上一顿。

太累了，吃完晚饭赶快上床休息。因而，肠胃就只能加夜班慢慢消化。

常年生活不规律，而且他们家多年来种植白萝卜，妻子洗萝卜的时候又总是在腹部暖手，肠胃反复受凉，便坐下了病根儿。

阴险的黑色毒菌像蚂蚁，像蜜蜂，在她的胃部结巢钻营，攻城略地，繁衍扩张，悄然间侵占了整个胃囊。

胃部时时隐痛，但由于家庭困难，她不敢声张，只是默默承受。时日长久，她像入秋后的荒滩，形容枯槁。虽然只有40多岁，但满脸褶皱，看上去比实际年龄至少老了10岁。

拖延至2015年春天，她已是形销骨立，弱不禁风，甚至一度无法起床。万不得已，她才同意去医院做检查。

医生根据她的胃部造影诊断，患的是糜烂性胃炎。胃黏膜脱落，胃壁损伤严重，随时都有穿孔危险。

胃壁一旦穿孔，消化液进入腹腔，将引发腹腔化学性感染，严重情况下会出现感染中毒性休克，如果抢救不及时，性命难保。

她被吓坏了，以为自己此劫必死无疑。两个女儿虽然都已经长大，但还没有成家，特别是小女儿，还在读高中，自己撒手西去，心有不甘。

可是，事已至此，害怕也无济于事。

唉，人不能与命争，活到哪天算哪天吧！

没有钱治病，她的姐姐借给她1万元。

这些钱如果住院治疗，几天就花完了。于是，她自作主张，买中药，回家调理。

中药疗效来得要慢一些，而她的病症又已经到了异常危险的地步。要说，在医院治疗相对稳妥，或许能够控制病情。用中药，只怕是药效还未及克服病灶，就已经发生了更急迫的情况。

对于当前的危急状况，医生已经向她做了明确解说。虽然她清楚自己随时都有可能性命不保，但还是执意出院。

作为病人来说，往往会对自己的病情估量得更严重一些。她暗自认为，自己得了不治之症，即便住院治疗，也不过是拖延时日而已，到时候还是会落得人财两空——她患白血病去世的哥哥就是先例——还不如省下钱，供女儿读书。

她认为，这是自己有生之年，能为家庭做的唯一贡献了。

作为母亲，真的像蜡烛、春蚕一样，直到燃尽最后一滴泪，吐尽最后一根丝。

我们歌颂母亲伟大，不仅是对我们有生养之恩，更重要的是，即便在事关生死的危急关头，她所想到的，永远是儿女！

而徐海成的妻子，想得更为周全。她买一些中药，花钱不多，又是一种“积极”治疗。倘若自己性命不保，家人们也不必心怀愧疚。

徐海成当然不同意妻子出院。他说就是砸锅卖铁，也要为她治病，要让她健健康康地送两个女儿出嫁，为她们看孩子……

可是，妻子的脾气太倔强了，无论他如何劝阻，只是要求出院，否则就当场死给他看。

徐海成不止一次地领略过妻子性格的火暴。

他们结婚之初，妻子正怀有身孕，所谓家贫万事哀，小夫妻经常为一些琐事吵吵闹闹。有一次吵得凶，她提出离婚，而且用力地在炕沿上硌自己的肚子，扬言要把肚里的孩子硌掉。

徐海成一个箭步冲上来，抱住妻子好一番道歉并安慰，才算平息此事。

有时候两人打架，妻子当然不是徐海成的对手，但她从来都不服输，看那架势，哪怕只剩下最后一口气，也要战斗到底。而且，她不论随手抄起什么物件，都敢朝丈夫头上砸过去。

随后，徐海成屈服了，再也不敢惹妻子发火。

这一次，他也只能遵从妻子的意愿，去办理出院手续。

他默默祈祷，希望是检查仪器出了问题，医生的诊断有误。

或许的确是诊断结果出了差错，或许是中草药发挥奇效，或许是她的母爱之心感动了上天，或许是生命原本顽强，无论如何，反正她的病情发展就此止步，虽然没有立即好转，但也没有急转直下。

由于患有严重的胃病，消化吸收能力薄弱，加之平日里食物粗糙，营养极度缺乏，出院之前，医生反复叮嘱，要多吃容易消化的食物，而且必须经常喝鱼汤、鸡汤和排骨汤之类，增加营养。

可是，他们家连鸡蛋都吃不起，还谈什么鸡鱼肉呢？

30.最佳拍档

坝上地区寻常百姓家，平日里的吃食，多以莜面和土豆为主。

炖土豆、蒸莜面窝窝或莜面鱼鱼，虽然这些吃食看似最粗糙、最简朴，却养育了世世代代的坝上人。

买不起鸡鱼肉为妻子补充营养，只能让她多吃一点儿莜面和土豆，增强体能。为此，徐海成学会了做磨擦擦、灵丘片、山药鱼、羊羊等等，端在妻子面前的饭食，花样就多了起来。

磨擦擦，是用特制的擦板，把生土豆擦成糊状，然后掺上适量莜面，做成面团，上笼屉蒸熟，佐汤汁食用。

而生土豆糊掺上莜面后揉成圆柱状，切成薄片，上笼屉蒸熟，即是灵丘片。

山药鱼呢，是将土豆在锅里煮熟，然后捣成土豆泥，掺入适量莜面，做成拇指长短的小鱼儿，可蒸，可煮，可煎，可炒，一“鱼”多吃。

熟土豆泥掺上莜面后，揉成馒头状蒸熟，便是“羊羊”。

莜面的吃法儿更多，最常见的当然是莜面窝窝。

莜面和好以后，取小块放在石板上，擀成长条形薄片，再用食指卷成圆筒状，长寸许，薄如叶，色淡黄。做好以后，将之密立于笼屉内，旺火蒸熟即可食用。因其外形酷似蜂窝，故称之为莜面窝窝。

莜面窝窝蘸汤汁食用，可徐海成只是与土豆炖菜一起吃，从来没有蘸过传说中的羊肉汤、猪肉蘑菇汤或猪肉酸菜汤之类。

家里没有高级食材，他就用土豆和酸菜做成汤料，滴上少许麻油，让妻子佐食莜面窝窝。

和好的莜面用手掌搓成筷子粗细的小鱼状，即为莜面鱼儿，蒸熟蘸汤汁食用。

还可以做莜面圪头儿。莜面用开水和好，取小块儿置于左掌心，用右手大拇指将其搓摁成小船状，蒸熟即成。

莜面三道箍呢，与莜面圪头儿做法大同小异，是将和好的莜面横置于左手小指至食指之间，然后用右手大拇指摁成小船状。这样，“小船”背部在手指缝部位，会形成三道箍状痕，故名。

说起莜面饸饹，相信诸位看官肯定不会陌生，其做法与街边摊常见的饸饹面相同。不过，饸饹面为水煮，莜面饸饹则是蒸熟。

还有莜面拿糕、莜面块垒、莜面灰灰、莜面贴饼等等，徐海成做起来也都得心应手。

土豆和莜面吃法虽多，但万变不离其宗，只因形状与观感不同，总会让人心生欢喜，多吃几口。

要说，这正是人类生存的智慧呢，也是对生活的热爱和探索。

看妻子吃得香甜，徐海成十分开心，却又难免暗自心酸。

虽然他竭尽全力，科学种田，可仍然无法给予妻女膏脂无缺的生活。

他时常疑神疑鬼地以为，必定是自己小时候偷吃了财神爷的供品馒头，所以老头子才降下罪来，让他永生不得发财。

2016 年夏天，徐海成的小女儿考取河北省邢台市医学高等专科学校，学费与吃喝穿用，每年需要两万多元。

家庭负担，再次加重。

不过，他虽然愁苦，却也欣慰，毕竟两个女儿都如他所愿，走出了农村，脱离了这片荒滩。

扶贫档案（六）

虽然中国扶贫开发经过三十多年的不懈努力，取得了举世公认的辉煌成就，然而，长期以来，贫困居民底数不清，情况不明，针对性不强，扶贫资金和项目指向不准的问题仍然十分突出。

2013 年 11 月，中共中央总书记习近平在湖南省湘西土家族苗族自治州考察时，首次做出了“实事求是、因地制宜、分类指导、精准扶贫”的重要指示。

精准扶贫，正是针对“谁是贫困居民”“贫困原因是什么”“怎么针对性帮扶”“帮扶效果又怎样”等问题，根据不同贫困区域环境、不同贫困农户状况，运用科学有效程序，对扶贫对象实施精确识别、精确帮扶、精确管理的治贫方式。

河北省立即出台相应政策，科学施策，精准扶贫。按照国家统一的扶贫对象识别办法和程序，开展了贫困村、贫困户建档立卡工作。

2013 年年底，张北县确定贫困村 174 个，建档立卡贫困户 47948 户，90570 人。

德胜村共有 6 个自然村，413 户，1173 人，其中建档立卡户 212 户，445 人。

截至 2015 年，河北省对全省有劳动能力的 100 万户，340 万贫困人口，通过扶持生产和就业发展实现稳定脱贫；对需要移民搬迁的 10.8 万户，32.8 万贫困人口，通过移民搬迁安置实现稳定脱贫；对104万户，141万无劳动能力的低保和“五保”对象，把低保线提高到扶贫线，实现“两线合一”，实施政策性兜底扶贫；对因病致贫、因病返贫的42万户，72万贫困人口，通过整合相关财政资金、医疗救助资金和新农合结余资金等，统筹社会保险和商业保险，建立医疗救助机制……

2015年年底，张北县17956户，40893人实现脱贫。

第七章　银片片，金蛋蛋

忽如一夜之间，坝上地区的山山岭岭、沟沟坎坎，全都疏疏密密地竖起了风力发电机组。

举目坝头，风力发电机组集阵，像一尊尊威武的巨人，吞云吐雾。

风车桨叶搅动蓝天白云翻滚，扭转了这方土地的乾坤。显然，也转动了当地百姓的大脑！

徐海成蒙蒙眬眬地觉得，一个新的时代到来了……

31.风来了

最早的巨变，来自风。

大约是2014年春天，村头来了一支施工队，说是要投建风力发电站。

村民们瞪着惊奇的、大大小小的眼睛，咦，这狗日的西北风也能发电，也能赚钱？

“坝上一场风，从春刮到冬，倒禾又折树，让人头发蒙。”

的确，说到坝上的风，这里的百姓谁没有被寒风割破过手脸呢？谁没有在寒风呼啸的深夜里，打着寒战夜不成寐呢？谁不痛恨这有百害而无一利的西北风呢？

有人好吃懒做，就难免被人骂上一句：“喝西北风去吧！”

坝上地区的风，被人们诅咒了上千年。可谁都想不到，竟然还是上好的能源。

西北风，还能刮来金钱？

张家口市位于河北省西北部，地处燕山山脉与太行山山脉交汇处和华北平原与内蒙古高原的连接带上。

由于多变的气候和悬殊的温差，造成该地域空气对流频繁，西北风长年不断，为全国少有的风能集中区。这里，风能资源储量高达1700万千瓦，风电装机容量可达800万千瓦以上。

作为优质风能资源地的坝上地区，坝头10米高度，年平均风速6.6米/秒；70米高度，年平均风速7.7米/秒。全年有效风速天数多达300天以上，且风向稳定，没有破坏性天气。

而且，这里主要为低山丘陵、高原台地、波状平原，地形条件好，交通便利，非常适宜建设大型风电场。

据国家能源部实地考察预测，张北县境内风电场建设装机总容量可达400万千瓦至500万千瓦。为此，国家发改委专门下发文件，把张北县列为国家三大百万级风电基地之一。

风力，取之不尽，用之不竭。风能发电不仅可以合理利用资源，还可以改善环境。

张家口是国家级重点连片贫困地区，全市有10县1区为国家扶贫开发重点县（区），贫困人口占农业总人口的23.4%。

发展风电，有利于调整当地的能源结构，解决资源的匮乏困境，对于经济发展和人民生活水平的提高具有重要作用。

张家口市立足当地风能资源优势，将发展风电产业作为调整能源结构、转变发展方式的重要抓手，确立了建设新型能源基地的发展定位，出台了《关于加快风电产业发展的若干意见》，鼓励支持国内外大企业、大集团在张家口进行与风电相关、相近产业的开发。

预计到2020年年底，以张北、尚义、蔚县、崇礼等县（区）为支撑，张家口市风电装机总容量将达到500万千瓦，成为全国最大的风电城。

项目建成后，将为当地增加财政收入30多亿元。

一座粗粗壮壮的铁塔竖起来了，巨大的风车桨叶缓缓地转起来了。

忽如一夜之间，坝上地区的山山岭岭、沟沟坎坎，全都疏疏密密地竖起了风力发电机组。

举目坝头，风力发电机组集阵，像一尊尊威武的巨人，吞云吐雾。风车桨叶搅动蓝天白云翻滚，扭转了这方土地的乾坤，显然也转动了当地百姓的大脑！

徐海成蒙蒙昽昽地觉得，一个新的时代到来了……

是的，时代进步了，科技发展了，坝上地区亿万年来呼啸的风，终于被人所驾驭、所使用，成了理想的新能源。

以前，我国电力供应主要以火电为主。

电力事业带来繁荣的同时，也带来了自然资源的破坏性消耗，和对自然环境的严重污染。

与火力发电相比，风力发电 1 亿千瓦时可节省 10 万吨标准煤，同时减少二氧化碳等废气排放 20 万吨。

“金山银山，不如绿水青山”，经济发展与环境保护，向来是一对难以调和的矛盾。而发展新能源，无疑破解了这一难题，既保住了绿水青山，又赚得了金山银山。

作者李春雷采访徐海成（右）

随着风电技术日趋成熟，依靠风力发电来增加能源供应的方式，越来越受到世界各国的青睐。

据全球风能理事会(GWEC)统计资料，2008 年全球新增风电装机容量 2000 万千瓦，分布在全球 70 多个国家和地区。其中，排在前五位的是美国(520 万千瓦)、西班牙(350 万千瓦)、中国(330 万千瓦)、印度(170 万千瓦)、德国(166 万千瓦)。

2008 年，全球大约生产了 2000 亿千瓦时风电电力，约占全球电力供应的 1%。

近年来，中国风电装机容量迅猛增加，已然位列世界第一位，而且是第二名的近三倍。

湛蓝的天空里，风力发电机组与白云为伴，参差错落，恰似闲适优游的雁阵，舒缓地舞动着修长的桨叶。

这，无疑正是人类文明演进的舞步，闲庭信步却又铿锵有力！

32.“铁杆庄稼”

2015 年春天，来自河北省工信厅的扶贫工作队，进驻德胜村。

全县所有被精准识别为“贫困村”的村庄，全都驻进了来自省、市机关单位和大型企业的扶贫工作队。

第二年秋天，驻村扶贫工作队在村委会的院子里，开始试建 100 千瓦扶贫光伏电站。

有村民好奇，上前探问，什么是光伏电站啊？

光伏是太阳能发电的一种方式。

太阳能发电的方式有两种：一种是由光而热，由热而电的转换方式；另一种是光电直接转换。

光电直接转换是利用光伏效应，将太阳辐射能直接转换成电能。光电转换的基本装置是太阳能电池，其由光生伏特效应，将太阳光能直接转化为电能。

太阳能电池内部置有半导体光电二极管，阳光照射在光电二极管上，光电二极管就会把太阳的光能转换为电能，从而产生电流。

将许多块太阳能电池串联或并联起来，就形成了具有较大输出功率的电池方阵。

太阳能电池是一种被称为绿色能源的新型电源，集永久性、清洁性和灵活性三大优点于一身。与火力发电、核能发电相比，不会引起环境污染和资源消耗，因而不存在资源枯竭的危险。

只要太阳挂在天空，太阳能电池就可以长期使用。安全又可靠，无噪声，无污染，零排放。

坝上地区海拔 1600 至 1800 米，光照充足，每年有效光照时间多达 2907.9 小时，每天近 8 个小时，年总光辐射为 141.99 千卡/平方厘米。

这里，竟然是最理想的太阳能发电资源地！

村民听罢光伏电站建设人员的介绍，不禁啧啧称赞。

驻德胜村扶贫工作队工作人员深入村民(中)家中走访了解情况

有人私下里商量说，等他们试验成功后，咱们房顶上也安装一块太阳能电池，以后用电就不用花钱了。

说这话的人当即遭到反驳，咱们穷得叮当响，能装得起太阳能电池?

此时，他们还没有意识到，这看似不起眼的小小太阳能电池，恰似一粒火星，必将引发“燎原之火”，为坝上地区带来翻天覆地的大变革。只是，这场变革如今还仅仅是一粒正在苏醒的火种，需要小心呵护，慢慢孕育。

春天来了，而春天的脚步迈出寒冬的那一刻，人们可能并无察觉，但这看似不声不响的春消息，却必然引发人间的訇然巨变。

2016年初冬，这座神奇的小电站建成，随即并网发电，效益喜人。

而后，在驻村扶贫工作队和亿利集团的支持下，德胜村又在村南的荒滩上，投建400千瓦扶贫光伏电站，2017年1月成功并网发电，当年实现收入62万元。

2017年年初，亿利集团应当地政府邀请，进驻德胜村，投资4.5亿元，流转草地和荒滩2640亩，投建5万千瓦集中式农光互补扶贫电站。

电站光伏板下的土地可以二次利用。光伏板下为高3米、行间距5米的钢结构支架。支架下不仅不影响农作物生长，而且常规农业机械也可以正常使用。这样一来，大大提高了土地利用效率，能够实现多产业优势融合。

村民们呢，不仅得到了光伏电站的土地流转租金，还可以在电站打工赚钱，一举多得。

说到土地流转租金，你猜有多少？

旱地每亩每年450元，水浇地550元！

好家伙，比种庄稼的收入还高，而且旱涝保收！难怪村民们把光伏电站称为“铁杆庄稼”呢。

徐海成家其中的18亩地，流转给了电站，年租金7500元。

当地工作人员介绍说，截至2017年年底，张北县已建成32

座村级电站，累计收益 1159.2 万元，集中式电站取得收益 660 万元。

光伏扶贫收益已覆盖 3625 个重病、重残及无劳动能力的深度贫困户，每户每年补贴金额不低于 3000 元；为有劳动能力的贫困人口提供垃圾清运、治安巡防等公益性岗位，人均月工资 1000 至 3000 元。

当年，张北县实际发放光伏扶贫收益 526.67 万元，全面覆盖 366 个行政村的 22186 户贫困户。

2018 年，张北县已建成投产村级光伏电站 174 座，共计 5.5 万千瓦，地面集中式光伏扶贫电站 4 座，21 万千瓦。全县共发放光伏电站收益 4038 万元，惠及贫困户 31844 户……

33.有钱的穷光蛋

徐海成有钱了，是一笔 8 万余元的巨款，而且“从天而降”！2017 年春天，亿利集团给予德胜村土地流转农户，一次性发放 11 年的租金。

辛苦拼搏了大半辈子，一次次失败，恰似悲摧的西西弗斯，一次次把巨石推向山顶，巨石又一次次滚落。创业历程反反复复，热热凉凉，徐海成的心已经疲惫了，只是在生存的重压下，被动地奔忙操劳。

就在他心灰意冷，决定与世浮沉的时候，突然就有了一笔巨款，轻轻松松地发达起来了。

那几天，这对受尽苦难的夫妻总感觉像在梦里一样，反复查看银行发来的存款余额信息，心里才慢慢踏实起来。

徐海成想拿这笔钱为妻子治病，却当即被拒绝了。

妻子说她的胃病不可能除根，只能保守治疗，没必要花费这些冤枉钱。

这笔钱，怎么消费呢？

到城里买房子，不够用；买一辆汽车，养不起；建一栋新房子，也不宽裕……

"那就买拖拉机，买两辆。一辆耕地播种，一辆施肥喷药。"徐海成语气豪迈，一副财大气粗的模样。

"看有俩钱把你能的？还买两辆！"

"不买两辆够用啊？耕地播种得用大型拖拉机，小拖拉机憋得冒黑烟，走不动路。但大型拖拉机施肥喷药又施展不开。不得买两辆？"

"俩闺女都没有成家，亚茹还在上学，这些钱不耐花。"

的确，需要花钱的地方多呢。虽然这笔钱对于一贫如洗的徐海成来说，不啻一笔巨款，但如今生活费用昂贵，只要稍作谋划就会发现，这笔钱仍是那么的捉襟见肘。

俗话说，坐吃山空，立吃地陷。即便不添置大物件，这笔钱三两年也就花完了，毕竟他们家的底子太薄。

采访过程中，笔者在驻德胜村扶贫工作队办公室里看到一个笔记本，里边有这样一段记录：

户主:徐海成。

致贫原因:妻子患胃病,供两个女儿上大学。标准的因病、因学致贫。

2016 年家庭收入情况:全年家庭总收入 44278.14 元。

长女大学毕业后在青岛打工,月收入 3000 元,勉强供自己开销。

种植 3 亩马铃薯二代种薯,亩产 2000 斤,每斤 2 元,收入 12000 元;种植 15 亩商品薯,亩产 3000 斤,每斤 0.5 元,收入 22500 元;种植 2 亩甜菜,亩产 3 吨,每吨 570 元,收入 3420 元;种植 10 亩莜麦,亩产 200 斤,每斤 1.2 元,收入 2400

驻德胜村扶贫工作队工作人员在整理“建档立卡”贫困户台账

元;粮食综合直补2512.14元;退耕还林补贴306元;草原奖补1140元。

家庭支出情况:全年总计支出43120元。

为妻子治病12360元;次女学费18000元;生产经营性支出12760元。

生产经营性支出包括:种植马铃薯二代种薯人工费800元,化肥510元,种苗款900元;种植商品薯人工费3000元,化肥3000元,种苗款2250元;种植甜菜人工费470元,化肥300元,种子款230元;莜麦化肥150元,种子款250元;购买柴油900元。

44278.14(元)−43120(元)=1158.14(元)。

记录十分明确，徐海成家2016年全年可用于日常花销的收入是1158.14元,每月不足100元,每天仅仅3元钱左右!

这点钱怎么花?

就算莜面、亚麻油和土豆自产自用,可总要喝水吧?总要照明吧?总要买盐吧?坝上地区冬天极其寒冷,夫妻俩一人买一件棉衣,全年的花销就没有了。

这还仅仅只是维持活命的最基本的生活条件,但凡超过这个限度,徐海成存在银行里的那笔钱,就会一天天减少。

是啊,本身造血功能不足,体外输血不可能从根本上改变贫血状况。因此,他们家虽然有了这笔钱,但仍然贫困。

34.“愁疙瘩”

农光互补扶贫光伏电站建成后，德胜村的胆子大了起来。

2017 年春天，村党支部在驻村扶贫工作队的支持下，争取扶贫项目资金，在村南的土地上建起了 280 个温室大棚，贫困户优先租种。

每个大棚，第一年年租金 1000 元，从第二年起，年租金加水费共计 2100 元。

徐海成的创业热情再次被点燃了，迎来了渴盼已久的机遇，因而摩拳擦掌，跃跃欲试。

他向村党支部递交申请，租下了 6 个大棚。

这时，亲戚劝他说，大棚种植微型薯投资大，而且技术复杂。如今有了一笔土地流转租金，不如稳稳当当地过日子。

说实话，徐海成心里也没底儿。虽然知道种植微型薯收益高，但自己不懂种植技术，又猜不透市场行情。可是，总得想办法赚钱啊。

大棚已经租到手了，开弓没有回头箭，干吧！

他之前科学种田积累下的很多经验，如今全都派上了用场，但对于种植微型薯来说，仍然远远不够。

村里请来了省市专家。

专家们不仅集中授课，而且还入户指导。如何选择堙石土和托盘，如何选择薯种，浇水、喷药、施肥的时机把握，等等，无微不至，手把手地引导。

技术员向徐海成(左)传授微型薯种植管理技术

徐海成越发感觉种植微型薯太不容易，仅大棚内的气温调节,就难以控制。

大棚外必须罩遮阳网,避免阳光直射,也便于控制棚内气温；通风时机和时长必须精准控制。气温高的时候,如果不予通风,只在一个小时之内,小苗就会因闷热而枯萎。

栽种微型薯薯苗之前,徐海成早早就做好了准备工作。

薯苗不是直接栽种在大棚地面的土壤里,而是要购买专用的托盘。托盘中放入垤石土,撒入适量化肥和“撒可富”,使之成为小苗们的新家和乐土。

徐海成买来托盘,2.8 元一个,每个大棚可以放置 1050 个。垤石土呢,3 元钱一袋,每袋可以填充 4 个托盘。每个托盘,可以栽种 81 棵小苗。

垤石土装入托盘,淋水、平整之后,徐海成便开着拖拉机,到人才市场去请帮工。拉回一车斗,差不多有 20 人。

请来帮工,便开始移栽小苗了。种满一个托盘,人工费 1 元。

薯苗移植到大棚里,徐海成也“住”进了大棚。

每天天还不亮,他就钻进大棚,按照专家的讲解,小心呵护薯苗。大棚里远远近近地悬挂着十几支温度计。温度升高了,赶紧通风;温度降下来,立即关闭通风口。

大棚里的湿度,也要根据湿度计精确掌控。

看看小苗发黄,他担心缺乏营养。可要施用肥料,又怕小苗营养过剩疯长。

作者李春雷(左)在微型薯大棚采访

向专家咨询。

秧苗营养不良,影响成长,必须及时追肥,可以施用"撒可富"或复合肥。千万不能用化肥啊,否则容易把秧苗"烧"死。

徐海成把专家的叮嘱奉为圭臬,亦步亦趋,谨慎操作。

战战兢兢侍弄三个多月,徐海成的微型薯终于成熟了。拔出一棵来,下面就挂满了枣子大小的种薯。

可千万别小瞧这些土头土脑的小家伙儿,都是十足的金蛋蛋呢。

通常情况下,一粒 20 克左右的种薯,能卖 3 毛钱。一个大棚约产 13 万粒,除去 2 万元本金,可获纯利润 2 万余元。

徐海成租种 6 个大棚, 不仅投入了 8 万元土地流转租金,还向亲友借贷5万元，先后总计投资13万元。预期收益呢，至少12万元。

因此，虽然一个大棚仅6分地的面积，但收入水平却远远超过传统种植的6亩地，甚至60亩、100亩。

种薯来年春天才能出售，因此徐海成就把它们装进编织袋，收藏在一间密闭的房子里，用破棉被和莜麦秸仔细盖好，以免冬季把小家伙们冻坏喽。

农活儿忙完了，徐海成在本地一家正规驾校，报考机动车驾驶证，学费2580元。

考科目一之前，他在手机上下载学习软件，认真学习。

虽然他有多年的驾驶经验，但对交通法律法规却知之甚少。

通过学习，他不断刷新着自己的认知，纠正着自己的观点。

最初模拟考试时，他总是出错，后来逐步提升，每次答题竟然均能得95分以上。

考取驾驶证之后，他又找出微型薯种植培训手册，仔细翻阅。而且，他还在手机上下载二代种薯、商品土豆和甜菜种植技术等文章，遇有闲暇，精心研读。

这个粗枝大叶的坝上汉子，正在悄悄地，却又迅速地转变着，逐步走向规范，走向文明……

是啊，他下定决心，靠种植微型薯发家致富。

然而，心心念念地等待整整一个漫长的冬季，不想2018年开春之后，微型薯大量集中上市，市场行情一路走低。而且，由于徐海成他们第一年种植微型薯,产品品质不佳,因此每粒种薯收购价还不足一毛钱。

徐海成收获90余万粒种薯，价值8万元左右，亏损5万余元,相当于丢掉了一台名牌大型拖拉机。

夫妻俩唉声叹气,满面愁容。

当初劝他不要种植微型薯的亲戚上前埋怨,嫌他不听劝告。

徐海成听罢,后悔不迭。

他时刻眼巴巴地关注着种薯行情的风吹草动,可是,一连多天没有任何转机。他的内心,彻底冰凉,最终决定忍痛将这些种薯卖掉。

然而,他来到收购点,却被告知停止收购。

驻德胜村扶贫工作队工作人员与村民(右)亲切交谈

天气日益转暖，小种薯们动了胎气，已经悄然萌动，准备发芽了。

倘若种薯此时发芽，几经辗转卖到种植户手里，苗芽必然被损坏殆尽，不能种植。因此，种薯一旦发芽，收购商坚决拒收。果真如此，徐海成的全部投入，必将血本无归。

他简直要崩溃了，整天萎靡不振，甚至不敢到存放种薯的房子里去看看。

当初一粒粒黄灿灿的金蛋蛋，如今变成了一颗颗烦恼的“愁疙瘩”。而全村，积存 2400 余万粒。

那几天，小村里两口子吵架的、打孩子的、摔盆子打碗的、鸡飞狗跳的，比比皆是。

村党支部与驻村扶贫工作队也愁啊，四处奔走呼号，寻求买主。

在当地政府的支持下，他们终于引进一家种业公司，以每粒 0.17 元的价格，收购了德胜村的全部种薯。

徐海成不仅没有亏损，反而获利近 4 万元。

35.“薯光大道”

2018 年春天的种薯滞销风波发生以后，德胜村村民们种植微型薯的热情骤然降低。

徐海成的精神，也委顿下来。虽然他心有不甘，但还是不敢再贸然尝试。

徐海成的微型薯收获了，像一粒粒金豆子

微型薯最适合在高海拔、高纬度地区培植，经过再次种植生产出合格的二代薯种之后，在全国各地进行大田种植，生产商品马铃薯。

位于坝上地区的德胜村，无疑是培植种薯的理想之地。而且，种植微型薯，也的确是一项理想的富民项目。只要行情稳定，种植户在短时期内就可以脱贫致富。

可是，种植户们各自为战，零散经营，市场上的任何不良波动，都有可能将他们打得人仰马翻。

就在村民们苦恼的同时，驻村扶贫工作队和村党支部一起，以最快速度引进了一家专门从事研发和培植微型薯薯苗的薯种公司，还有一家经营成品种薯的种业公司，并修建了一座占地80亩、储藏能力高达3.6万吨的种薯恒温储存窖，搭建了覆盖全国的种薯销售网络，形成了集微型薯研发、种植、储存、销售于一体的完整的产业链条。

当年，德胜村的微型薯年产销量，约占全国的五分之一。而且，德胜村的商品马铃薯还注册了“御富德胜”商标，并成功通过了国家绿色认证，德胜村也入选第八批全国“一村一品”示范村。

徐海成再也不用担心市场风险了，于是准备放手一搏，大干一场。

他在村里租种11个大棚，全部种植微型薯。同时，他又与两位朋友共同投资，在邻村建起了22个温室大棚，其中7个大棚种植微型薯，15个大棚种植二代种薯。

经过第一年的种植，他掌握了很多有关微型薯的种植技术，而且也进一步见识了土豆的神奇。

浩瀚宇宙，大千世界，幽暗密室，亿亿万万。时代的大手，不断叩问，一个个密室，被訇然打开。谁能想到，在贫瘠荒滩上倔强生长了几百年的土豆，竟然也包藏着一个奇妙的世界呢。

科研人员从土豆枝叶上剥取细胞，进行脱毒，并对细胞结构实施人工改良，然后将其培养成单独植株。

一个个全新的、品质优良的薯种诞生了！有的品种耐旱，有的耐寒；有的耐干热，有的喜湿润；有的早熟，有的晚长。果实呢，有的口感软糯适合炖菜，有的鲜脆宜于炒丝，有的是炸薯条的专宠，有的是淀粉生产的最爱……

人们对土豆有多少要求，就有多少土豆品种。

这，就是科技的神奇与魔力啊！

36.土豆爷爷的故事

微型薯，俗称为商品土豆的爷爷。

一提起微型薯种植，徐海成就说得头头是道。

土豆细胞培植在玻璃瓶中的营养基里，约两周，便可生长为成品薯苗，被称为瓶苗。

瓶苗移植到大棚之前，先进行为期一周左右的炼苗，以便小苗适应大棚里的生长环境。

植入大棚的小苗，像初生的婴儿，必须小心呵护，稍有不慎，就可能前功尽弃。

小苗栽种完成后，浇一次水，然后关闭大棚，三天内不通风，不浇水，不打扰，使其慢慢醒苗。

第四天的时候，为小苗浇一次水，但时长不能超过 15 分钟。这时候的小苗，像月子里的婴儿，纤细、娇嫩，经不起任何风吹草动。

一周之后，小苗长高了一些，大棚内的气温随着天气转暖，开始逐步升高，这时对大棚里的气温控制十分关键。

温度过高，小苗生长太快，条秆瘦弱，容易倒伏，必然导致减产，而且结出的种薯品质低劣。而气温太低，又影响小苗正常生长，同样会导致减产。所以，通风时机和时长把握，必须恰到好处。

半个月以后，小苗完全适应了大棚内的环境，而且按苗龄来说，也进入了关键生长期，因此对水肥有了更高要求。

这些日子里，徐海成与妻子每天早早地便钻进大棚里，逐一检查托盘中的垤石土是否充足、平整。

垤石土正是小种薯们的产床呢，必须足够丰厚松软，才能确保良好的坐果率和健康成长。

秧苗生长很快，由童年到少年，再到成年，不过短短几周时间。

待其长到二十天左右，需把大棚外的遮阳网撤掉。秧苗开始怀孕了，蒂结出细小的金豆豆，所以必须保证充足的光照。

作者李春雷在微型薯大棚内采访徐海成的妻子裴秀平(左)

这一阶段，更是要以伺候孕妇的耐心与细心，来抚育这些绿油油的宝贝。

它们，也的确变成了丰润的绿美人了，而且也恰如初孕期的妇人，正是仪态万方、雍容华贵的黄金期。

随着孕龄增长，秧苗的大部分营养，输送给了小金豆子们。而作为母体的秧苗必然虚弱，各种毒菌和疾病便会乘虚而入，因此必须定时为它们施药灭菌。

当然，气温或水肥掌握不当，也会让秧苗妈妈们忘记了职责所在，只是空长条秆。而薯宝宝们呢，失去了妈妈的疼爱，必然孤苦伶仃，难以生长。所以又要视情况喷施壮苗药，抑制秧苗空长。

健康成长的秧苗们开花了，一朵朵白色或紫色的小花，像一枚枚精巧的小喇叭。小喇叭们交头接耳，是在说悄悄话吗？是在交流育儿经验吗？

它们，无疑正是一台台小小的印钞机呢。

微型薯成长期一般在一百天左右，每个大棚按照 4 万元毛利润计算，相当于每天赚 400 元，每个托盘里的秧苗每天能生长出 4 毛钱。

当然，这些小小印钞机有时也会出现故障，特别是小金豆子们进入快速成长期和临近成熟期。

快速成长期如果营养不济，必然造成体质虚弱；而临近成熟期，秧苗老化，免疫力大大降低，会分别引发早疫病或晚疫病，从而导致烂果。不仅种薯品质降低，甚至会颗粒无收。所以要预防为主，对症施药，防患于未然。

徐海成对秧苗们小心呵护，精心抚育，无微不至。秧苗们健康茁壮，因而报以高产。

2018 年秋后，种薯正常丰收。

2019 年春天，种薯正常销售。

徐海成算算账，这一季获得纯利润 22 万元。

扶贫档案（七）

2016 年，张家口市光伏式精准扶贫项目启动，张北县开始建设第一批 32 个村分布式光伏扶贫电站项目。

2017 年，河北省 21 个贫困县脱贫摘帽，65 万人稳定脱贫。

截至 2018 年 12 月，河北省农村享受低保人员 122.16 万人，其中属于扶贫信息系统建档立卡人员 87.66 万人，有效保障了老弱病残等丧失或部分丧失劳动能力的特殊困难群体的基本生活。

2018 年，张家口可再生能源总装机容量达到 1345.47 万千瓦，年发电量突破 200 亿千瓦时。其中，累计建成并网光伏扶贫电站 123.7126 万千瓦，覆盖 88838 户贫困户，户均年增收 3000 元，占全部建档立卡贫困户的 39%。

当年，全市有 994 个贫困村出列，17.8 万贫困人口实现稳定脱贫，贫困发生率降至 3.67%。

第八章　逆流？潮流！

光伏电板迎着阳光，就是一个个小小发电厂，满怀热情地发电，把太阳的温暖、光明和希望，输送给千家万户。

光伏电板下的中草药呢，无疑就是一个个小小制药厂。一张张俏丽的小脸蛋儿，沐浴着阳光，进行着神秘的光合作用，把阳光与土壤中的微量分子和水分，变成了不同的药效成分。

家禽家畜们食用中草药材长大，不仅绿色环保，而且本身就是一个活力四射的保健药箱。

集保健与美味于一身的畜禽，怎能不受食客们的追捧呢？

况且，生长过程中的中草药材具有很好的观赏价值，同时又能够有效提升种植地的负氧离子含量，适合康养旅游，而多数中草药材还可以做成美食。

这样一来，德胜村就形成了集旅游观光、餐饮药膳、康养于一体的完整产业链……

37.河水不能倒流

徐海成的二女儿徐亚茹,2019 年 7 月份大学毕业。之后,她来到省城石家庄一家中医院,进行毕业实习。

她的理想,是留在大城市工作、生活。

姐姐大学毕业后留在青岛,并且在当地成家立业,成了名副其实的城里人。这是全家人的欣慰,更是徐亚茹的榜样。

徐海成从外出打工起,就发誓要走出农村,脱离这片荒滩。可是,造化弄人,无论他如何辗转腾挪,拼命挣扎,始终未曾跳出贫困的掌心。他似乎在不停地画圆,从一无所有起步,又重新回到一无所有。

这,正是禁锢在贫困百姓头顶的一道千年魔咒。

魔咒由地域、时代和个人等等原因,共同交织而成。放眼全国,甚至世界,千百年来,绝大多数人被困顿在这个魔咒里,苦苦挣扎,难以摆脱。

新的时代到来了,魔咒终于被逐步破解……

早在 2017 年夏天,村里有人传言,说有外地富商要来村里设立公司,搞旅游项目开发。

这穷乡僻壤的荒滩地,让游客来看什么呢?村民们百思不得其解。

站在村头,时常看到有陌生人指指画画,确乎要发生什么事情了。

村民们瞪着好奇的眼睛，静静观察。

随后，村里进驻了一群陌生人，说不仅要设立公司，还要为村民们投建别墅式新民居。

有的村民就叫苦不迭，种植微型薯刚刚赚了一点儿钱，哪能建得起别墅啊。

消息灵通的村民便洋溢出一副见多识广的表情，解释说，用自己家的宅基地，折换别墅楼，基本不用自己投资。

村民们听罢，眼睛瞪得圆圆，嘁，哪有这样的好事？

不信！

然而，不久之后，新民居建设前期筹备工作，便不动声色地开始了。

村民们仍然疑疑惑惑，世世代代受苦受难，轮到自己，怎么就遇到天上掉馅饼的好事了呢？

真让人百思不得其解！

2019 年 6 月，“张北德胜乡村旅游产业发展有限公司”挂牌成立。

公司董事长董义，了解到村里有几名新近毕业的大学生，便邀请回乡共谋发展。

得知徐亚茹正在石家庄实习，董义专门来到徐海成家，表示想邀请她回乡。

徐海成说，闺女现在长大了，将来如何发展，只能由她自己决

驻德胜村扶贫工作队工作人员(右)深入村民家中了解情况

定。作为家长,我们不能替她拿主意。要想让她回来,你最好直接给她打电话,问问她本人的意见。

董义讨要了徐亚茹的电话号码,起身告辞。

送走董义,徐海成立即给女儿打电话,千叮咛万嘱咐,说千万不能答应回村。人往高处走,水往低处流。好不容易考大学走出农村了,如果再回来,岂不是河水倒流嘛。

的确,两个女儿都考大学跳出了农门,替他实现了人生夙愿,怎么可能再让她们回来呢?

此时说什么大局观念,说什么牺牲奉献,都显得苍白无力。

果然,董义给徐亚茹打电话的时候,虽然他把德胜村未来的发展前景描绘得五彩斑斓,但徐亚茹只是说还在实习,等以后再说。

农村发展乏力，实在原因多多。

农村与城市发展机会不均等，显然是主要诱因之一。

为了谋取更好的发展，享受各种更优越的资源，农村的优秀年轻人向往城市，走进城市，从而造成了劳动力流失，空心村现象越发严重。

而且，随着市场经济和科技发展，社会各方面对劳动者的素质要求越来越高，劳务需求由"体力型"向"智力型""技能型"转变。这样一来，从农村转移出去的劳动力，绝大多数是有一定文化的年轻人，而留在农村的往往是老人、妇女和文化较低、没有专业技能的人。由于这些人接受新技术、新观念、新思想的能力有限，因而致使新时代的农村发展滞后。

这，也正是影响农村脱贫致富的顽疾所在。并且由此导致农村与城市两极分化愈演愈烈，进而形成互为因果的恶性循环。

如果不破除这一顽疾，扶贫攻坚，难见成效。即便加大资金投入，也仅仅是治标不治本的输血式扶贫，无法根治农村的贫血症！

当然，这是全国性的难题，并非徐海成的考虑范围。

他不过是一个小小老百姓，与天下所有的父母一样，只是希望自己的女儿过上更好的生活。

38.河水必须倒流

小小德胜村，与坝上地区所有的村庄一样，恰似沐浴暖风春雨的种子，悄然萌芽。一张梦一样绚丽的蓝图，在小村头顶慢慢展开。

徐亚茹实习结束后，应聘在石家庄一家中医院工作。

董义又接连打电话邀请，均被她委婉地拒绝了。

虽然近一段时间父母经常说起村中的变化，但她仍然不敢相信，又穷又破的德胜村，能变出什么花样来。

那天，她给爸爸打电话的时候，说起董义又邀请她回村的事情。

此时徐海成已经尝到了新农村发展的甜头，而且目睹了村子日新月异的变化。显然，德胜村将来会有不错的发展前景。

他的态度在不知不觉间有了转变，甚至开始劝女儿先回村试一试，真不行，还可以再回到城市里。

已经有几名大学毕业生先后回到村里。有的在公司供职，徐海成侧面打听，待遇诱人；也有的自主创业，政府扶持政策优越。

人才回流，无疑会将这个荒僻小村，变成有见识、有学问、有思想、有智慧的村庄。年轻人原本就充满了激情与活力，而且他们有学识，眼界开阔，思路清晰，思想活跃，做事认真。这样一来，村子的发展必然更科学，更快速，更新潮，更长远……

董义又给徐亚茹打来电话，谈到了村子未来的发展规划，谈到了已经回村的大学生们的可喜现状，谈到了徐亚茹所学中医专业回村后的广阔应用前景，等等。

徐亚茹终于动心了，2020 年春节后，回村入职德胜乡村旅游

作者李春雷(左二)在德胜村农光互补扶贫电站采访,左三为徐亚茹

产业发展有限公司。

经过反复慎重思考,她根据公司未来的发展规划,提出在村中太阳能光伏板下种植中草药材的设想。

董义认真听取她的设想后,当即召开会议,重点研究,随后便将之纳入公司发展规划。

连续几天,徐亚茹与公司管理层,就中草药材种植和进一步开发,进行了深入探讨。

公司设想,租用光伏电站下的2600亩荒滩地,种植中草药材,真正实现农光互补,并将其逐步打造成农业观光园。

药材长到一定程度,便可以在园中畜养家禽家畜,以中草药材的叶子为饲料。

中草药材的主要药用部分是根，而且其多数为多年生植物,因此只要做好苗期管理,待其进入正常生长期之后,即便家禽家畜啃食茎叶,也不会影响生长,更不会影响其药用部分的生成。

如此一来,这片饥肠辘辘的荒草滩,就真的变成了可以立体产出的聚宝盆。

光伏电板迎着阳光,就是一个个小小发电厂,满怀热情地发电,把太阳的温暖和光明,送给千家万户。

光伏电板下的中草药呢,无疑就是一个个小小制药厂。一张张俏丽的小脸蛋儿,沐浴着阳光,进行着神秘的光合作用,把阳光与土壤中的微量元素和水分,变成了不同的药效成分。

家禽家畜们食用中草药材长大,不仅绿色环保,而且本身就是一个活力四射的保健药箱。

集保健与美味于一身的畜禽,怎能不受食客们的追捧呢?

况且,生长过程中的中草药材具有很好的观赏价值,同时又能有效提升种植地的负氧离子含量,适合康养旅游,而多数中草药材还可以做成美食。

这样一来,德胜村就形成了集旅游观光、餐饮药膳、康养于一体的完整产业链。

村民们负责打理药材和家禽家畜,在家门口上班,在自己熟悉的田地里,从事熟悉的种植和饲养。这样,既填充了土地流转后一些年龄较大的村民无所事事的空虚，又能使他们获得一笔不错的收入。

腰包鼓了，生活滋润了，日子必然更加多姿多彩……

39.徐海成的幸福生活

2019 年，徐海成在村里租种的 6 个大棚与自建的 22 个大棚，全都用来种植微型薯，而且还种植了 30 亩二代种薯和 10 亩甜菜，总收入近 30 万元。

徐海成，这个三年前的贫困户，已然阔步迈进全面小康。

当年秋天，他开始了一轮做梦也没有想过的奢侈消费：先是用 3 万余元买了一台 454 型拖拉机——在此之前，他已经买下一台小型拖拉机，用于施肥喷药；同时，拿出 5.8 万元，买下一台长安欧尚牌 7 座越野轿车；最后，又在张北县城，购置了一套小户型的商品房……

徐海成，终于在城市里拥有了自己的房子，实现了多年来的梦想。

虽然如此，但他已经离不开家乡的土地了。

清晨，他总是早早起床，到田间散步。

太阳出来了，远远看去，阳光下成片成片的光伏电板，就像一张张容光焕发的笑脸。

是啊，光伏板们追逐着阳光，追逐着希望。被坝上人诅咒了上千年的烈日，不仅为村民们带来了财富，还为小村，为城市，带来了光明和温暖。

在电视画面中看到北京、上海夜里璀璨的灯光，听到大小工厂机器轰鸣，想到疾驰的地铁和动车，徐海成忽而觉得，远方城市使用的电，说不定就产于自家田地里的光伏板。

嘿，这个小村，也是世界的中心，也是人类文明前行的动力源头呢。

遇有闲暇，徐海成也会开着越野车，带上妻子和女儿到县城逛商场、看电影、下馆子。

徐海成夫妇在收获商品土豆

他猛然发现,街头的传统美食多起来了。从前传说中的美食,如今虽然仍嫌奢侈,但也敢于掏钱品尝了。

烤全羊,便是其中之一。

由于坝上地区自古以来就是少数民族的聚居地,烤全羊是富贵人家过年过节的最佳美食,却也是贫苦人家的遥远梦想。

现在,烤全羊,已经是徐海成一家的小菜菜。

走进一家饭店,选定一只 15 至 20 斤重的羔羊。然后,店家便最快速度地开始了自己的程序操作:用 60 摄氏度温开水浇洗,刮净羊毛,再投入 80 摄氏度的水中烫洗干净。外皮擦上白酱油,腹腔内抹花椒、胡椒水,然后用铁叉撑开腹腔,挂在炉内烧烤,边烤边涂熟猪油。

一个小时之后,羊肉颜色金黄,外酥里嫩。

有的饭店沿用古法——烤炖全羊。只是,那就要提前预订了。

白条羔羊取出内脏,内装红枣,外裹草帘,再涂湿黏土炙烤,干燥后去除黏土,洗净,再涂以米粉稠糊,油炸后切片配料,入锅炖三昼夜。佐酱醋、胡椒粉、香油等,便可食用。

无论哪种做法,都是我的宴请,我的美食。

徐海成尝罢,啧啧称赞。看着妻子女儿吃得满嘴流油,他心里岂止一个“美”字了得。

这才是一个丈夫、一位父亲应有的模样。

由于生活条件不断改善,加之平时注意饮食康养,徐海成妻子的胃病已经悄然好转。她的脸蛋儿,越来越饱满,越来越红润。

徐海成夫妇如今的日常生活

两个女儿小的时候，她没有时间为她们梳头扎辫子，没有爱美的权利和条件。如今她已逾天命之年，爱美之心却被富裕生活点燃了，唤醒了。

在丈夫和女儿的鼓励下，她到县城烫了头发，戴上了大女儿买给她的珍珠项链和二女儿送上的银手镯，顿时神采奕奕。

村党支部办公楼旁建有一个乡村大舞台，舞台前是一个阔大的广场。

天气晴好的夜晚，邻居们相约来跳广场舞，个个服饰新潮，人人花枝招展。虽然他们已经不再年轻，却过着完全年轻的生活。

是啊，他们是新时代的新农民，不正年轻吗？

2020 年 5 月的一天，徐海成专门带着妻子到市里的影楼，补拍了婚纱照。

他说，要把当年结婚时，欠妻子的浪漫补回来。

他还说，年底要为妻子买一副 8000 块钱以上的金手镯……

仔细回想，他上一次为妻子买礼物，竟然是结婚当年的一瓶雪花膏，距今已经三十二年。

亚茹与远在青岛的姐姐微信聊天时，发去了爸爸妈妈的婚纱照。

姐姐一再惊呼，原来妈妈也爱美，而且这么美。

姐妹俩的眼眶里，顿时浸满了泪花……

40.试种梦想

2020 年春天，徐亚茹在公司的支持下，试种了十余亩常见的中草药材，有黄芩、黄芪、柴胡、防风、桔梗、红花、甘草和金莲花等等十数种。

她联系了张家口市崇礼区一家中草药材种植合作社，由其负责提供药材种苗，并选派经验丰富的技师，上门教授种植与管理技术。

不想，种植药材的时候，由于技师工作太忙，实在走不开，无法到德胜村来进行实地指导，因此便利用微信视频，进行远程教授。

虽然徐亚茹大学读的是中医专业，整天与中草药材为伴，但她并不掌握种植理论和技术，更不具备药田管理的实践经验。因

天气渐凉，红花采收忙。徐亚茹在采收红花

此，他们播种药材的时候下种太深，出苗率很不理想。

徐亚茹还被安排做德胜村的形象代言人。

游客来访，不仅要详细讲解村子的发展历史和故事，还要介绍本地的风土人情与风景名胜。

距离德胜村五分钟车程，便是承载张北县历史文化的历史博物馆。馆藏文物上千件，其中元中都文物，娓娓述说着元代的历史沧桑。

元中都地处北京通往内蒙古的要道上，属于今张北县馒头营乡，始建于元大德十一年（1307），与当时的元大都（今北京）、元上都（今内蒙古锡林郭勒盟正蓝旗东）齐名。其建造者为元世祖忽必烈的曾孙元武宗海山。

元中都由内、中、外依次相套的三重城组成，即宫城、皇城、外城。

内城平面呈长方形，周长 2360 米。中城套在内城之外，面积约 80 万平方米。这里出土有汉白玉螭首，雕刻精美，堪称元代石刻中的精品。

元至正十八年（1358），中都宫室被红巾军烧毁，只留下城墙遗迹。

元末明初，明军在元中都设置兴和所。

如今，元中都遗址被保护性发掘后，对游客开放。

来张北县旅游，必然要走一走草原天路。而德胜村，无疑就是草原天路上的一颗明珠。

草原天路位于张家口市张北县和崇礼区交界处，全长约323.9公里，西起尚义县城南侧的大青山（国家级森林公园），东至崇礼区桦皮岭，是连接崇礼滑雪区、赤城温泉区、张北草原风景区、白龙洞风景区、大青山风景区的一条重要通道，也是全国十大最美公路之一。

草原天路周边还分布着桦皮岭、野狐岭、古长城、玻璃吊桥（天路之巅）等旅游景点……

经徐亚茹再次邀请，崇礼区的中草药材种植技师来到德胜村，指导补种药材。

几个月后，药材植物成长起来了，葳葳蕤蕤，流青滴翠。含苞欲放的花骨朵，娇羞可人，恰似徐亚茹俊美的笑脸。

是的，她试种中草药材已经获得初步成功，德胜村的农业观光园建设，未来可期。

这些药材收获后，徐亚茹打算一部分做成茶饮销售，一部分供应公司餐饮部，做成美食，招待游客。

苦菜、蒲公英和马齿苋等药材，药食同用，是理想的保健菜品，深受食客欢迎，已经获取了不错的收益。

不消说，徐亚茹的梦想，已经萌芽破土了。

当然，这也是德胜村的梦想，更是华夏民族的中国梦……

扶贫档案（八）

2019年，德胜村村民人均年收入由2016年的6000元，增加至13700元。

2019年，张北县贫困人口6270人稳定脱贫，100个贫困村整村出列，贫困发生率降至0.57%，全县高质量脱贫摘帽即将实现。

2019年，张家口市实施扶贫协作项目163个，总投资7.86亿元，实现了8个贫困县和赵家蓬区脱贫摘帽，747个贫困村出列，9.29万贫困人口脱贫。

截至2019年年末，中国农村贫困发生率已经下降为0.6%，贫困人口规模缩减至551万。

所有贫困地区和贫困人口一道迈入全面小康社会，指日可待！

联合国开发计划署署长阿奇姆·施泰纳表示，中国的扶贫成就在规模和时间上都是空前的，各国可以从中国学习到如何有系统、有组织地让经济向更包容的方向发展……

尾章　春天里

曾经贫困破旧、灰头土脸的德胜村，如今发生了翻天覆地的巨变。

其合并徐家村、马鞍架两个自然村，通过企业代建的方式，在徐家村原址上打造了一个集居住、生态旅游观光于一体的美丽新村。

一座座低矮逼仄、摇摇欲坠的旧房子，变成了一栋栋宽敞明亮、时尚别致的新别墅。

村民原来的宅基地拆迁折现后，换购新民居，多退少补。

徐海成家的房子虽然破旧，但院落占地面积较大，估价32万元。新建别墅楼呢，造价28.8万元。因此，他不仅拥有了一套两层共计150平方米的别墅楼，还获得了3.2万元的补贴金。

2020年春天，新民居落成，村民们搬家的那几天，家家户户

徐海成与家人在新居团聚

炸年糕。

年糕寓意年年高，是坝上地区的传统美食。经济困难时期，这种美食几乎绝迹。改革开放之后，随着经济复苏，集市上开始出现了卖炸年糕的摊贩。

近年来，百姓生活水平大大提升，炸年糕成为春节的必备美食。

黍子去壳为黄米，黄米磨成面，称为糕面。

糕面以适量温水搅匀，锅内加水烧开，置蒸笼，将糕面均匀地撒在蒸笼里。蒸熟一层，再撒一层。

糕面撒完蒸熟出锅，蘸水揉匀，取小块儿捏成圆饼，包以豆沙或红糖，团成球状，再轻轻拍扁入胡麻油锅，炸至枣红色即可。

刚出锅的炸年糕外酥里糯，甜而不腻，百吃不厌。

当然，这种吃法全国大同小异，不必赘述。坝上地区吃炸年糕，别有风味。

炸年糕出锅后，趁热码入盆中，压实，将盆盖严。锅内加适量清水烧开，把盆放入锅中，小火慢炖。

炖好的炸年糕黄里透红，弹劲儿十足，能像饴糖一样弹出尺余，随即又可以缩回原状。咬一口，软糯弹牙，细嚼慢咽，回味无穷。

坝上人吃炸年糕，不限于过年，但凡遇到有纪念意义、值得庆贺的事情，必是标配。

小孩子过满月、过生日，要吃“满月糕”“百岁糕”；老年人做寿，要吃“长寿糕”；娶媳妇，要吃“喜糕”；盖新房，要吃“上梁糕”；搬迁新居，要吃“搬家糕”。俗谚道，“搬家不吃糕，一年搬三遭。”

好吧，要搬新家了，吃“搬家糕”。

那几天，德胜村是家家蒸面，户户炸糕，吱吱啦啦，满村飘香，好不喜庆。

别墅楼里，现代化家用电器一应俱全，彩电、冰箱、洗衣机、电脑、空调、微波炉、豆浆机、料理机、抽油烟机、饮水机、电饼铛、电磁炉、电压力锅、电饭煲……

当然，徐海成最中意的，是冬季的采暖设施——楼上楼下全是地暖。

冬天光着脚丫走在光可鉴人的地板上，温热直达心窝。忆及儿时的土炕，徐海成不禁两眼潮红。

让徐海成更不敢想象的，是冬天在家里也随时能洗热水澡。

回想起几年前，使用晒水袋洗澡时的幸福与满足，徐海成恍如梦中。那时候，自己是多么鄙陋与寡闻啊。

村里的邻居们，也都彻底脱胎换骨了。

村民们不仅有“铁杆庄稼”旱涝保收，有微型薯发家致富，还可以与德胜乡村旅游产业发展有限公司合作，利用自家的别墅房做民宿旅游，做餐饮配套，或者到公司打工等等。只要想赚钱，家门口有的是机会。

由于村民们再也不用整天遭受风吹日晒，脸颊上的高原红，慢慢变淡，褪去了。

随着腰包越来越鼓，人们脸上的笑容也越来越灿烂，越来越靓丽……

站在别墅楼的阳台上，徐海成举目南望。

村前一排排温室大棚，光彩熠熠，像太空舱，像试验室，里边试种土豆良种，探索着中国农业和农村的未来……

他突然明白，自己先前之所以屡试屡败，是因为时机未至。就像一粒埋在冰封土地里的种子，无论如何努力，都不可能生根发芽，只能等到春天到来。

显然，如今春天来了。

而这春天，不仅属于徐海成，不仅属于德胜村，也属于坝上，

德胜村原貌与新貌对比

更属于中国。

坝上高原，曾经一望无垠的贫瘠荒滩，在新时代的风拂雨润下，变成了流金淌银的、名副其实的金银滩。

放眼全国，一个个曾经荒僻的小村，也已经脱去了厚重的冬衣，正一路高歌地奋进在明媚的春天里……

那天看电视的时候，徐海成得知“老云南”的家乡也已经脱贫致富了。

回忆起这位多年前在煤窑打工时最相好的工友，他不禁目热鼻酸。他默默地点上两支烟，倒上两杯酒。

举起酒杯，他欣慰地说，实现了，我们的梦想都实现了……

2020 年 9 月 13 日